トカゲ（本当は神竜）を召喚した聖獣使い、竜の背中で開拓ライフ2

～無能と言われ追放されたので、空の上に建国します～

著 水都 蓮
Minato Ren
イラスト：saraki

エルフィ 竜の姿
エルフィ 人の姿
エルフィ
人と竜、二つの姿を持つ神竜の女の子。
キュートな見た目で、けっこう大食い。
レヴィン
トカゲを召喚し、エルウィン王国を
追放された聖獣使い（ホーリーテイマー）。
ひょんなことから竜の背で
国を興すことになる。
アリア
レヴィンの幼馴染の神聖騎士（セイクリッドナイト）。
大人しい性格だが、芯が強い。
登場人物紹介

マルス
天使の輪を持つイルカのような聖獣。
翼を使えば空を飛べちゃう。
ユーリ
クローニア王国の近衛騎
士団団長であり、エリスの
兄。真面目で無愛想。
エリス
竜大陸で暮らす暗黒騎士（ダークナイト）。
実は甘えたがりな、
明るい少女。
エリーゼ
クローニア王国の第一王女。
魔導具の研究が大好き。

第一章

エルウィン王国の田舎貴族の家に生まれた俺――レヴィン・エクエスは、《聖獣使い》という超強力な【S級天職】を授かった。

《聖獣使い》には、聖獣を使役できる特別な力がある。

将来を期待されていたものの、【聖獣降臨の儀】でちっちゃなトカゲを喚び出したことで状況は一変。激怒した王様によって、国を追われてしまう。

エルフィと名付けたトカゲと共に森を彷徨ううちに、俺はある衝撃の事実を知る。

なんと、このトカゲこそが人と竜の姿を持つ伝説の聖獣、神竜族の生き残りであり、お姫様だったのだ。

彼女の案内で、巨大な大陸を背負った第二の神竜、リントヴルムと出会った俺は、彼の背中に移住することになった。

竜大陸には広大な土地と、古代都市が眠っていた。ここでは、竜大陸の住人が増えるほど、どんどん便利な魔導具が解放されていくという。俺はエルフィたちの頼みで、竜の背を開拓していくことになった。

一方、地上では当時のエルウィン国王、ドルカスの暴走で、隣国であるクローニアと戦いが起こってしまっていた。エルウィンで最も広い領地を持つラングラン公爵家の当主、ドレイクが国王を唆したため、争いは激化した。

俺は仲間たちと共にその戦争を治め、両国の間に平和をもたらした。

寂れた竜大陸を開拓して、誰もが平和に暮らせる国を興すのが、今の目標である。

エルウィンとクローニアの戦いが終結し、一ヶ月が経ったある日。

竜大陸の自宅にて、ソファに座った俺は、周囲を見渡して呟く。

「なんというか、狭いな……」

今、我が家のリビングには竜の背で暮らす俺の家族や仲間たちのほとんどが集まっている。

テーブルに陣取り、裁縫仕事をしている母さんに、床に寝転がって難しそうな本を読むフィオナ姉さん。エルフィは魔獣であるヴァルキリー三姉妹を誘ってトランプで遊んでおり、その様子を妖精のフィルミィとカーバンクルのエスメレが微笑ましそうに見つめていた。

この家は、建物や魔導具を【建造】する都市の管理機能を使って作ったものだ。

最初は俺とエルフィだけの二人暮らしで、広く感じたものだったが……

「家族が暮らすだけならともかく、レヴィンの相棒たちまで来ると狭いな。それでも前の家よりずっと広いが……」

リビングの隅で、縮こまりながらコーヒーを飲んでいたグレアム父さんが言った。

この家には俺とエルフィ、故郷のルミール村から竜大陸に移住してきた両親と姉に加え、幼馴染のアリアや、竜大陸への第一移住者であるエリスが住んでいる。そのため、全員が一つの部屋に集まるとやや窮屈だ。

そして、少ない資材をやりくりして近くに家を【建造】した俺の相棒たち……ヴァルキリー三姉妹をはじめとする【契約】している魔獣が遊びに来ると、今のように部屋がぎっしりと埋まってしまう。

父さんの言葉を聞き、俺の隣に腰掛けていたアリアが、紅茶を味わう手を止めた。

「グレアムお父さん、私はレヴィンと……みんなと過ごせるなら、どんなに狭い場所でも気になりません。ゆっくりできるスペースがないなら、これからは私、ソファの下に潜って、邪魔にならないようにじっとしています」

なんだかとんでもないことを言っている。

「いやいや。それはアリアが大変だろ」

アリアは《神聖騎士》というS級天職持ちで、かつてエルウィン王国の騎士として前線で活躍していた。

しかしその実、ドルカスに無理矢理忠誠を誓わされ、非道な作戦の数々を強いられていたのだ。

このままだとアリアは幸せになれない。

そう考えた俺は、第一王子のゼクスと協力してクーデターを起こし、彼女を解放した。

故郷の家族を人質に脅されていた経験からか、家族がバラバラで暮らすことに反対なようだ。

「飲み終えたマグカップ、洗っておきますね。他にも空になった方はいらっしゃいますか？」

俺たちが話していると、赤い髪の少女……エリスが声をかけてきた。

エリスはもともと、隣国のクローニアで働いていた騎士だ。《暗黒騎士》と呼ばれる、アリアにも負けない強力なS級天職を持っていたが、寿命を代償にするというデメリットを抱えていた。

そのせいで、強欲な貴族のもとで命が尽きる寸前までこき使われていたのだ。

そんな境遇が追放されたばかりの自分と重なり、俺はエリスに竜大陸への移住を提案した。以来、大事な仲間として一緒に暮らしている。

当初、同居は衰弱したエリスが回復するまでの予定だったのだが……本人の強い希望があり、デメリットの呪いが完治した今も一つ屋根の下なんだよな。

「まあ、エリスさん。そこまでしなくても私が洗うのに」

「いえいえ！　居候させてもらっている身ですから。これくらい当然です‼」

立ち上がって手伝おうとする母さんを前に、エリスが小さく手を振る。

出会った頃は暗い表情ばかり浮かべていたが、今は明るい笑顔で率先して家事を手伝ってくれる働き者だ。きっとこっちの方が、彼女の素なのだろう。

「あれ？　ヒヨコさんが描かれたマグカップがいくつかありますね」

マグカップを回収していたエリスが、ふと首を傾げた。

「十年くらい前にレヴィンが描いてくれたんです。アリアも含めて、家族でお揃いなんですよ」

姉さんが答えると、エリスは目を見開いた。

「そうなんですか？　絵がお上手なんですね。可愛いです！」

「子どもの落書きだよ」

可愛いというよりはムスッとしていて、どこか愛想が悪いヒヨコばかりだ。

幼い頃に買った無地のマグカップに描き上げたもので、自慢できるような出来ではない。

「ちなみに私の分もある」

エルフィがドヤッとマグカップを見せびらかす。

「本当ですね!!　家族でお揃いの小物を使うなんていいですね」

エリスは幼少期に母親を亡くし、実の父とは最近まで確執があったから、そういうものに憧れているのかもしれない。

羨ましそうな様子に、父さんが立ち上がった。

「そうだ。エリスさんも使うかい？　実はもう一個マグカップが……」

父さんが言っているのは、祖父母が生きていた時のものだ。一個はエルフィが使っているが、残りはエリスに使ってもらった方がいいかもしれない。

キッチンに向かった父さんがマグカップを持って戻ってくる。

そしてエリスに差し出すのだが……

——ピキッ。

古いマグカップだからか、取っ手の根元部分が折れてしまった。

「わわっ……!?」

床に落ちる寸前で、慌(あわ)ててエリスが受け止める。

「すまない、エリスさん！　怪我は!?」

「だ、大丈夫です。全部割れてしまわなくてよかったです」

「とはいえ、申し訳ないな。今度新しいのを用意して……」

「いえいえ!!　お気持ちだけで十分です」

エリスが遠慮(えんりょ)がちに手を振る。

「でも、エリスさんだけお揃いじゃないっていうのも寂しいじゃない？」

遠慮するエリスに対して、母さんは気が引けるといった様子だ。

「たとえ、形に残らなくても、私にマグカップを贈(おく)ろうとしてくれた事実が嬉しいです。皆さんの思いやりが、私にとって一番の贈り物です」

笑顔でそう言うと、エリスはマグカップを回収していく。

俺たちに迷惑をかけまいという、彼女なりの気遣(きづか)いなのだろう。

しかし、母さんたちは、「それは寂しい」と納得していないようだ。

「アリアさんも飲み終えたみたいですし、洗っておきますね」

「あ……あ、は、はい……よろしくお願いします……あ、ありが……とうございます」

「どういたしまして」

挙動不審(きょどうふしん)なアリアに、俺は眉(まゆ)を寄せた。

この一ヶ月、二人の様子をこっそり観察してきたが、どうやら懸念が当たりそうだ。

《神聖騎士》として働いていた頃、アリアは《暗黒騎士》のエリスを非情な作戦で追い詰めたことがある。それがわだかまりを作るのではないかと心配していたのだが……

エリスは気にしていないようだが、アリアは引きずっているみたいだ。


それから数時間後。相変わらず俺たち家族はリビングでダラダラと過ごしていた。

「エリス、これなんて読むの？」

「『和睦』ですよ。仲違いしていた二つの国が仲直りするといった意味です」

居眠りしているクリムゾンレオのルーイの背中を机代わりにして、エリスがエルフィと紙の束を広げてじっと読んでいた。

「和睦するのは、エルウィンとクローニア？」

「ええ、そうです。エルウィンにクローニアの使節団が到着したようですね。写真に写っているのが、クローニアの第一王女であるエリーゼ殿下です」

「写真……それは知ってる。神竜たちがいた頃にも使われていた」

写真とは、魔法で目の前の光景を一枚の絵に焼き付けて保存したものだ。

最近実用化されたばかりだと聞いていたけど、神竜たちも同じような技術を使っていたのか。

「新聞を読んでいるのか？」

ルーイの背中に広げられているのは、エルウィン王国で発行されている新聞だ。

きっと、地上に降りてどこかの町で買ってきたのだろう。

「はい。エルフィちゃんの知ってる文字と現代の文字は結構違うみたいなので、こうして教えてるんです」

「そっか。俺たちと同じ言葉を喋るから、気が回らなかったな。ありがとうな、エリス」

エリスはこうして、俺たちが気付かないようなところに、よく気を回してくれる。

前に都市に魔獣が侵入して、ちょっとした騒ぎになったが、その時も真っ先に討伐した。それ以来、日中は町とその近郊の見回りをしている。

「他にも私にできることがあればなんなりとお申し付けください!!」

エリスは両手で拳を作って、気合い全開といった様子だ。

「エリスは昼間も働いているし、そんなに気負わなくてもいいと思うけどな」

「気負っているわけじゃないですよ。それに末っ子だったので、妹ができたみたいで楽しいです」

エリスがエルフィの頭をそっと撫でる。

確かに、こうして見ると仲のいい姉妹みたいだ。

「私もエリスのようなお姉ちゃんがいて嬉しい。優しく教えてくれるし、ご飯のおかずも分けてくれるし……」

「エルフィちゃんは食べ盛りですからね。あ、でも甘いものはほどほどにですよ」

「うぅ……分かってる。虫歯は怖い」

そんな二人のやり取りを見守っていると、父さんたちが急に騒がしくなった。

「ま、待つんだ。エルフィちゃん、それならパパもおかずを半分、いや四分の三あげよう!!」

「はいはい！　なら、私はお裁縫を教えてあげるわ」

「それなら、私は算数でしょうか？　だから、私のこともお姉ちゃんと……」

まだ出会って日は浅いが、みんなエルフィを可愛がっている。

俺が彼女に「ママ」と呼ばれているのを聞き、自分のことを「パパ」とか「お姉ちゃん」とか呼ばせたいらしく、よくアピールをしている。

「そういえば、エリスにはお兄さんがいるんだっけ」

囲まれてしまったエルフィを横目に、俺は尋ねた。

父親のことはちらっと聞いたが、兄の話はほとんど知らない。

「ええ。歳の離れた兄が……」

なんてことない世間話のつもりだったけど、なんだかエリスの歯切れが悪い。

もしかして、あまり聞かれたくない話だったのか？　話題選びをミスったかもしれない……

気まずい沈黙を破り、エリスが取り繕うように言う。

「えっと……その……兄は忙しい人でして！　ここ数年、あまり話せていないのです。別に仲が悪いとかそういうことじゃないですよ!!」

「そうなのか、エリスさん。それは寂しいね」

「私なんて、数ヶ月レヴィンやアリアと話せないだけで、気を失いそうだったのよ」

いつの間にか両親が話に加わってきて、悩ましそうに唸っている。

「皆さんと暮らしている今は、あまり寂しくありません。ここでの生活はとても楽しいですし。それに、勝手にですけど……これが家族の団欒なのかな、なんて思ってて……」

エリスが顔を真っ赤にしてもじもじと呟いた。

「す、すみません。勝手なことを言って……その、こんなふうに家族みんな揃って過ごした経験がほとんどなくって……」

俺にとってはいつもの団欒でも、エリスには新鮮に映るのだろう。

「……まさか、そんなことを考えていたなんて。母さん、これはもう決まりだな」

「そうね、あなた……エリスさん、私たちを家族だと思っていいのよ」

「えっ？」

突然の提案にエリスが困惑する。

「さあ、まずは私のことをパパと呼――」

「コラ、それが本当の目的だな」

俺は暴走する父さんを窘める。

「だ、だって、レヴィンはすっかり『父さん』呼びだし……アリアは最近ようやく『グレアム様』じゃなくて、『お父さん』って呼んでくれるようになったけど……本当はパパって呼ばれたいんだ！寂しいんだよぉ!!」

「レヴィンも昔は、ママ、ママと甘えていたのにね」

「昔の話だろ……今は恥ずかしいよ」

エルフィに迫っていたのは、それが理由か。

そんなやり取りをしていると、母さんが咳払いをした。

「半分は冗談として……エリスさん、あなたはここで一緒に暮らし、息子を支えてくれた人です。だから、私たちのことだって本当の家族のように頼ってくれていいのですよ」

「狭い家だが、いつまでもいてていいからな」

「狭いは一言余計だよ、父さん。家主は一応、俺なんだから」

「皆さん……ありがとうございます！　不束者ですが、これからもよろしくお願いいたします」

エリスが深々と頭を下げる。

とはいえ、団欒の場が狭いというのは考えものだよな。

【建造】でできる【民家：小】は、都市の魔力と【回収】した資材を消費して作っている。

住民が多くなり、税金代わりの魔力徴収量が増えた今なら、より広い家を作れるはず。

「そろそろ大きい家を作ってみたい……いや、先に村のみんなの家が必要かな」

俺の家族に限らず、ルミール村の人たちは、俺を追放したドルカスに見切りをつけて、リントヴルムに引っ越した。その際、都市の管理機能で地上の家ごと【移住】したのだが……エクエス領は貧乏だったから、ほとんどの家がボロボロだ。

「うむ。神竜文明の不思議パワーで村から家を持ってきたのはいいが、みんな大変そうだしな」

「まずは村の皆さんに快適な暮らしをしていただかないと、領主の名折れですものね」

父さんとフィオナ姉さんの言う通りだ。

しかし、困ったことが一つある。

「問題は建築家だな。村大工のアレンさんは高齢で、設計を頼むのは難しい。私たちではちょっとした修理が関の山だ」

父さんの言葉に、俺は頷いた。

【建造】で家を作るのは簡単だ。だが、各家庭の要望を叶える家を建てるには、専門的な知識を持ち、正確な設計を行う必要がある。俺を信じてついてきてくれた村の人たちには、素人が考えた家以上に快適な暮らしを保証してあげたい。

建築家か……どこかにそんな人材がいればいいのだが。

◆　◆　◆

それから数日後のこと。

リントヴルムの背に客人がやってきた。

「レヴィン、大変なことが起きた……君の力を貸してくれぇえええええ！」

見事な土下座を披露するのは、エルウィンの国王となったゼクスだ。

ゼクスがいつでもリントヴルムの背に来られるようにと、一番懐いていたワイバーンを彼に贈ったのだが、早速やってくるとは。

「なんだか疲れているみたいだが、大丈夫か？」

眉間の皺がいつもの三割増しだ。苦悶の表情を見るに、どうやら王位を継いでからもストレスの連続らしい。

俺はゼクスを自宅に招き、話を聞くことにした。

「……不手際を明かすようで恥ずかしい話なのだが、父上が失踪した」

父上……先王のドルカスか。

彼は民の虐待という恐るべき犯罪に手を染めており、その罪を問われて王位を追われた。

処分が決まるまで、王城の地下牢に幽閉されていると聞いたが。

「現在、父上とドレイクが行っていた人体実験の規模と被害を調査している最中でな。父上にも同行してもらい、ラングラン領中の実験場を確認する手筈だったのだが、その道中で馬車ごと消えてしまったのだ」

「まさか脱走したのか？」

「監視役として大勢の兵がいた。父上には武の才能がないし、彼らを出し抜けるとは考えられない……ああああああああああ！　どうしてこんなことに……！」

ゼクスが頭を抱え、悶える。

相当疲れが溜まっているようだ。あとで労おう。

「実は、我が国にもクローニアにも、戦争の継続を望む者がいるんだ。彼らは和平交渉の場を乱して、会議を停滞させている。今回の父上の失踪にも関与しているのかもしれない……」

「なんだって……？」

両国とも、前の戦いで相当な被害を出している。

それを続けようなんて、とんでもない人間がいたものだ。

「このままでは折角の和平交渉が頓挫しかねない。ゆえに、一刻も早くトラブルを片付けたいと思っている。頼む……どうか力を貸してくれ!!」

「もちろんだ」

先の一件でアリアを解放できたのは、ゼクスの協力があったからだ。

今こそ、彼への恩を返そう。


俺はアリアと共に【竜化】したエルフィに跨がり、ラングラン領に降り立った。

付近の村で聞き込みをしたところ、各地で人が失踪していること、そして、森の中から消えた人の声がしたという噂があることが分かった。

情報をもとに森へ向かった俺たちは、手分けして周辺を捜索することにした。

ところが……

「一体ここはどこなんだ?」

俺は森の中で迷子になっていた。

「誰かに力を借りるか……」

【魔獣召喚】を唱えれば、契約している魔獣を瞬時に喚び出すことができる。

手分けしようと言った手前、かなり恥ずかしいけど仕方がない。

そう思った矢先、頭上でガサッという音がした。

見上げた瞬間、何かが木の上から落ちてきた。

「な、なんだ!?」

俺は咄嗟に腕を伸ばし、落下物を受け止める。

腰を落として衝撃に備えるが、想像していたよりずっと軽い。

木から降ってきたのは、赤い髪の女の子だった。

「エルフィより少し年上の子か？　でも、これは……！」

少女は首輪を付けていた。粗末な衣装を身に纏い、服から覗く素肌には、おどろおどろしい黒い痣が浮かんでいる。

どうやら気を失っているみたいだ。介抱するため、俺は彼女を地面に横たえる。

すると突然、少女が叫び声を上げた。

「っ……ぁ……あああああああ!!」

叫びに呼応するように、全身の痣が赤く光る。

突然の出来事に動揺した俺は、その場で固まった。

「こ、こは……」

ほどなくして少女が正気に戻った。

痛みが引いたのか、落ち着いた様子だ。痣の変色もすっかり収まっている。

「私……落ちて……あなたは誰？」

「俺はレヴィン。森の中で道に迷っていたら、木の上から君が降ってきて……咄嗟に受け止めたんだ。怪我はないか？　よかったら治療するよ」

「……この痣は大丈夫……助けてくれて、ありがとうございます」

フィルミィミィを喚ぼうとするのをやんわりと断ると、少女が身体を起こし、俺に会釈した。

俺は彼女のことが気になって、あれこれと尋ねる。

「君はなぜこんな場所にいるんだ？　近くの村の子なのか？　ただごとではない様子だけど、一体どうしたんだ？」

付近の村々から、人が失踪しているという話だが、この子もそうなのかもしれない。

「私は……その……」

——ぐぅううう。

少女が口籠った瞬間、腹の虫が盛大に鳴いた。

「っ……！　あの……これは違くて……!!」

物静かで陰のある雰囲気の子だったが、顔を赤らめ、慌てて取り繕っている。

その必死な様子を見て、俺は思わず噴き出した。

「少し待っててくれ。ちょっとしたものならあるから」

いざという時のために、軽食を持ち歩いていて正解だった。

俺はバッグからサンドウィッチを取り出し、少女に差し出す。

いろいろと聞きたいことはあるが、まずは安心させてあげないと。

「どういうつもりなんですか……？　私にはそこまでしてもらう理由が……」

「人を助けるのに理由なんていらないよ。遠慮なく食べてくれ」

サンドウィッチの具材はチキンのステーキだ。

ソースにはセキレイ皇国で使われている調味料……醤油を使い、さっぱりした味に仕上げた。

「ありがとう……ございます……」

警戒していた少女だったが、空腹には勝てなかったのか受け取ってくれた。

「……美味しい。こんな味付け、初めてです」

「口に合ったようでなによりだ」

少女が夢中でサンドウィッチを食べ進める。

こうしていると、エルフィと一緒に国を追い出され、樹海を彷徨っていた頃を思い出すな。

「ごちそうさま……でした。こんなに美味しい料理を食べたの、本当に久しぶり……」

うっすらと少女の目端に涙が浮かんでいるように見える。

そこまで喜んでくれるとは思わなかった。

「改めて聞くけど、君はこの近くの村の子なのか？」

少女がふるふると首を横に振る。

「それじゃ、どこから来たんだ？」

俺の質問に、少女は黙ってしまった。

答えたくないというよりは、答えられないといった雰囲気だ。

「……君の事情は分からないけど、もし困ってるなら、俺のところに来ないか？」

痣だらけの肌、まるで囚人のような衣服、滅多に食事を味わえない環境……彼女を放っておくわけにはいかないだろう。

「ごめん……なさい……私が戻らないと、お母さんが……」

「お母さん？」

詳しい事情を尋ねようとした瞬間、獰猛な雄叫びと共に、牛頭の巨人が目の前に現れた。

「レイジングタウルス……!? どうしてこんなところに？」

筋骨隆々のたくましい身体、両の手に持った巨大な戦斧。

レイジングタウルスは、牛が突然変異した魔獣で、体内に膨大な魔力を蓄えている。

きわめて珍しい魔獣だ。少なくともこのあたりで目撃されたなんて聞いたことがない。

少女を背中にかばったものの、俺一人では逃がしてあげられない。ここはエルフィを喚んで……

「魔獣召――」

「今から見せるもの、誰にも言わないでください」

俺の呪文を遮って、少女が拳をぎゅっと握り、前に進み出た。

彼女の背を見て、俺は息を呑んだ。

「まさか……!?」

少女の背中から雄大な真紅の翼が生えていた。

羽毛に包まれたエルフィのそれとは異なり、爬虫類の鱗で覆われた翼だ。その姿を見てレイジングタウルスが一瞬、たじろぐ。

「君は神竜なのか？」

俺の呟きに振り返り、少女が悲しげな顔をした。

「あなたに危害は加えません。怖がってもいいけれど、今だけは信じてください」

そう言って、俺を抱えると大空へ羽ばたく。

獲物を逃したレイジングタウルスの咆哮(ほうこう)を聞きながら、俺たちはその場から逃げ出した。


その後、俺を森の入り口まで連れてきた少女は、そのままどこかへ飛び去っていった。

事情はおろか、名前さえ聞けずじまいだったけど、俺は彼女のことが気になっていた。

エルフィは神竜の同胞を探していた。手かがりもなく、リントヴルムの背でもその姿を見かけたことはなかったのに、こんなところで巡(めぐ)り合うとは。

「明らかにわけありな雰囲気だったけど、一体何が……」

「ママー！」

思案していると、エルフィとアリアがやってきた。

「レヴィン、大丈夫？　さっき、魔獣の雄叫びが聞こえて……怪我(けが)とかしてないよね？」

「ああ。心配いらないよ」

二人を安心させようとしたが、アリアは不安そうにこちらを眺めている。

「実際に見てみないと分からないかも」

ガシッと俺の肩を掴んだかと思うと、シャツをめくろうとする。

「へ、平気だって！」

なんとか制止しようとするが、かなり力が強い。

「だって、レヴィンが怪我を隠しているかもしれないし……」

「心配だからって、さすがにやりすぎだって……」

竜の背中に移住してから、アリアは過保護になってしまったようだ。

暴走する彼女をなんとか抑え、謎の少女と出会ったことは隠し、レイジングタウルスを見かけた旨を伝える。

「やっぱり、手分けするのはやめよう。私が守るから、みんなで一緒に王様を捜そうよ」

アリアの提案を受け、エルフィが大きく頷く。

「空から気になる景色が見えた。森の一部……湖のあたりが瘴気に包まれている。ママを一人にするのは危ない」

そういえば、少女に運ばれている時にそんな景色を見た気がする。なんだか気になるな。

俺たちは用心しながら湖に向かうことにした。


「酷い臭いだ……」

辿り着いた湖は、鳥や魔獣の鳴き声さえ聞こえない死の森に変貌していた。

粘着質の泥のようなものがあたりに散らばっており、湖面には異臭を放つ黒い水が溜まって、魚が浮かんでいる。

「レヴィンもエルフィも、私の側から離れないでね」

先導するアリアが球形の障壁を展開した。この中ならば、瘴気の影響を受けないそうだ。

「ママ、アリア、あそこを見て。光ってる」

エルフィの指差す先を見る。

「本当だな。あれは光でできた道……？」

そこには神々しく輝く、光の道があった。どうやら、この光には周囲の瘴気を退ける効果があるようで、あたりの空気が澄んでいる。

道なりに進んでいくとやがて、さらに眩い光の柱に包まれた神殿が見えてきた。

そこで俺たちは、衝撃の光景を目の当たりにする。

「「ウッホ!! ウッホ!!」」

「え、ええい、放せ！ このワシを誰だと思っている!?」

「黙レ、黙レ。オ前、罪ヲ償ウ。ソレガアーガス様ノゴ意志」

神殿には、甲冑を纏ったゴリラの騎士と、木の杭に磔にされて連行されるドルカス元国王がいた。

俺たちが祭壇の前へやってくると、物陰から一人の男が出てきた。

「よくぞいらっしゃいました。レヴィン様」

柔らかな声色で発せられる呼び名に、思わず背筋が凍った。

なぜなら、今「レヴィン様」と呼びかけたのは、かつて《聖獣使い》を騙り追放されたはずの元同僚――アーガスだったからだ。

　高貴な身分であることを強調するかのように派手だった悪趣味な服は、聖職者じみた純白の衣服に。あどけない顔つきに不釣り合いな底意地の悪い笑みばかり浮かべていたのに、今は慈愛に満ちた表情をしている。

　そして最も恐ろしいことに、目の前の彼は眩いばかりに光り輝いている。

「このような辺境にお越しいただけるなど、感激の極みでございます」

「「「ウホッ！　ウホッ！」」」

　優雅な所作でアーガスが一礼すると、周囲のゴリラたちが雄叫びを上げる。

「「「ウホオオオオオオオオ‼」」」

　ゴリラたちのドラミングに合わせ、アーガスの放つ不可思議な輝きがいっそう増す。

「うおっ⁉　眩しい……！」

　一体、俺は何を見せられているのだろう。

　アーガスは《聖獣使い》を詐称し、アリアを無理矢理婚約者にしたり、グリフォンのヴァンを薬物で服従させたりと、好き放題した人物だ。

　しかし、今の彼にその頃の面影はない。礼儀正しく微笑む姿も身体から発せられる神々しい光も、まさに聖職者にふさわしい雰囲気だ。

　いや待て。そもそも、なんでこんなに光っているんだ？

「マ、ママ、この人どうしちゃったの？　確か散々ママを馬鹿にしてた人だよね？」

エルフィが困惑するのも無理はない。

聖獣降臨の儀でのアーガスの様子が脳裏をよぎる。

——クク……いいザマだなレヴィン。所詮貴様は三流貴族のゴミテイマー。彼女にふさわしいのは俺のような人間だ。

エルフィもその現場にいただけに、今の光景が信じられないようだ。

「レヴィン様、私は心を入れ替え、生まれ変わったのです。かつての私は虚栄心にまみれ、あなたのような偉大な人物を放逐するという愚行を犯しました」

アーガスが両腕を広げてゆっくりとこちらへ歩いてくる。

「レ、レヴィンに近づかないで!!」

困惑するアリアが俺たちをかばう。

彼女もアーガスの変貌っぷりに戸惑っているようだ。

「おお、アリア様……あなたにも大変な失礼を働きました。遅まきながら謝罪させてください」

柔和な笑みを浮かべ、全身から眩い光を発しながら、アーガスは膝を折り、深々と頭を下げる。

「無論、『許してくれ』など申しません、あなた方が望むなら如何様にでも罰を受けましょう。さあ！　さあ!!」

やがて、覚悟は決まっているとでも言いたげに五体を床に投げ出した。

祈るように瞳を閉じるアーガスの言葉に嘘はないようだ。恐ろしいことに。

「ね、ねえ、レヴィン、これってどういうことなの？　本当に同じ人だとは思えないよ……」

俺の服の裾を掴みながら、アリアが訝しんでいる。

それも当然だ。アーガスは彼女に執心しており、あの手この手で従わせ、自分のものにしようとしていたんだから。

「ウホッウホッ!!」

「ええい、いい加減下ろせ!! 下ろすんだ。この毛むくじゃらのケダモノ共め!!」

人が変わったようなアーガスの様子に戸惑っていると、杭に磔にされて怒声を上げるドルカスが連れてこられた。

「駄目ダ!! オ前ハ罪ヲ償ウベキ」

「何が罪だ!! ワシはこの国の王だぞ、猿人め!! 罪などあるはずがなかろう!!」

縄を引きちぎろうとしながら、ドルカスが叫び散らす。

「もしかして、まだ自分が国王だと思ってるのか……」

自分の状況を理解していないドルカスに呆れてしまう。

すでに彼は国民から見放されており、ゼクスの王位継承に異を唱える者はほとんどいない。

哀れな元国王を眺めていると、視線が合った。

「き、貴様はクズテイマー!! おのれ貴様の……貴様のせいでドレイクは消え、ワシはこんなケダモノ共の群れに……謝罪しろ！ 死んで詫びるがいい!!」

「はいはい、ごめんなさいごめんなさい」

もはや罵倒も心に響かない。

いくら喚いたところで、これまでのような横暴な振る舞いはもうできないのだ。

「なあ、アーガス」

「なんでしょうか？」

アーガスが聖者のような笑みを浮かべ、さらに光り輝いた。

「すまない。その光、眩しいから消せないか？」

「仰せのままに」

優雅に一礼すると、光が収まった。

それができるなら最初からそうしてほしかった。どういう原理で光っているんだ？

「エルウィンではドルカスがいなくなった件で大騒ぎだ。一体、なんのつもりでこんなことを？」

正直、ドルカスがどうなろうと構わないのだが、ゼクスを困らせる事態はどうにかしたい。

幸い、今のアーガスなら話が通じそうなので、穏便に尋ねてみる。

「愛を伝えるためです」

「……あ、愛？」

珍妙な答えに、面食らってしまう。

「彼の所業は知っています。民を拉致し、おぞましい人体実験を行った……しかし、ただ罰を与えるよりも、己の過去を見つめ直し、罪と向き合ってもらいたいのです。それがより平和な世界を作るのですから」

「へ、平和な世界かぁ……」

一点の曇りもない瞳で大層なことを言っているが……本当にアーガスに何があったんだろう。

そうこうしていると、祭壇に人が集まってきた。

ゴリラの騎士ではない、普通の人間だ。

「っ……ママ、あの人たちの魔力の流れ、ちょっと変」

なんだかエルフィの顔色が悪い。

「どういうことだ？」

「分からない。でも、ドレイクが邪竜になった時の雰囲気に少し似ている」

ドルカスを利用したドレイクは、己の肉体を改造して巨大な竜へ変化した。

それらは全て、非道な人体実験の成果であった。つまり、あの人たちは……

アーガスがゴリラの騎士から杖を受け取り、こちらを振り返る。

「お気付きのようですね。彼らはドレイク殿による人体実験の被害者であり、辛くも生き延びることができた人たちです。手足を欠損した者、失明した者、著しく老化した者など……そんな彼らを保護し、治療していたのが、こちらの私の伴侶です」

アーガスに促されて、いつの間にか隣に立っていたゴリラの淑女が美しい所作でお辞儀をした。

「……!?」

アリアが見たことの無い表情を浮かべて硬直した。

無理もない。俺も驚いている。

今、アーガスは確かに自分の伴侶だと言った。シスターのような恰好をしたゴリラの淑女を。

「紹介しましょう。私の命の恩人にして愛する人、カトリーヌです」

「ようこそいらっしゃいました、お客人。わたくしはカトリーヌと申します。ここで治癒術士を務めております」

とても澄んだ優しい声でカトリーヌさんが自己紹介する。

俺たちはその状況に戸惑いながらも、彼女に挨拶を返す。

「カトリーヌは深い教養を持ち、魔術に優れた佳人でしてね」

しかし、これで合点がいった。ここにいるゴリラたちは、ただのゴリラではない。

「もしかして彼女たちは猩々なのか？」

それは類人猿によく似た容姿と、人間を超える膂力と知能を持つ幻獣の名称である。

性格は極めて温厚で、森の奥深くで女神への祈りを捧げながら静かに暮らす、奥ゆかしい種族だ。

祈りを捧げる姿の敬虔さから、彼らを神聖な獣として崇め、聖獣になぞらえて猩獣と呼ぶ者もいるとか。

人前に姿を現すことはほとんどなく、今では古い書物で存在が語られるのみだったが……

「今こそ明かしましょう。私に与えられた天職は《聖獣使い》ではなかったのです!!」

極めて真剣かつ堂々たる振る舞いで、アーガスが言ってのけた。

「……えっと、それは察していたが」

アーガスは聖獣降臨の儀で聖獣を召喚できなかったわけだし、今更すぎる告白だ。

しかし、アーガスは構わず話し続ける。

「国を追放されたあの日、私たちはドレイク殿によってこの瘴気に満ちた死の森に放り込まれました。瘴気に蝕(むしば)まれ、死にかけていたところを救ってくれたのが、カトリーヌをはじめとする猩々です。その慈悲深(じひぶか)さに胸を打たれた私は《猩獣使い(せいじゅうつか)》という真の力に目覚めました。そもそも私が《聖獣使い(ホーリーテイマー)》だと思い込んでいた原因は……」

長い回想が始まる気配を感じて、俺は彼の言葉を遮った。

「ま、待った。要点だけでいいから」

「……【神授(しんじゅ)の儀(ぎ)】で大司教殿がこう言いました。『君はせいじゅうを操る力を持っている！』」

大きな声で大司教の声を真似(まね)る、迫真の演技だ。

「それを聞いた司祭殿は『せいじゅうを使役する者……間違いない、S級天職だ！』と」

なんだか嫌な予感がしてきた。

「最後にシスターがこう告げました。『あなたは《聖獣使い(ホーリーテイマー)》です!!』」

酷(ひど)い伝言ゲームだ……

それでアーガスは、自分が《聖獣使い(ホーリーテイマー)》だと勘違いするようになったのか。

「しかし、それはほんの始まりに過ぎなかったのです！　それ以降、私はS級天職を授かったことに気を良くし――」

「ちょっと待ってくれ。事情はよく分かったから、ドルカスをどうするつもりか、先に教えてもらってもいいか？」

アーガスの身の上話も気になるが、まずはドルカス失踪の原因解明が先だ。

俺がここまで来た事情を話すと、アーガスはゆっくりと今回の騒動を語り始める。

「ここ最近の失踪事件は全て私の犯行です。私が各地の村から彼らを連れ出し、元国王を誘拐しました」

周囲の人々を示してさらに続ける。

「私が連れてきたのは、故郷に帰ったものの実験の後遺症を抱え、腫れ物扱いされていた民です。望む者を猩々が住まうこの地に導きました。ドルカス殿を攫ったのは、己の罪を知ってほしかったからです」

アーガスの言葉をきっかけに、かつての被験者たちがドルカスをじっと睨みつける。

しかし、ドルカスに反省の色はない。

「な、なんだその目は……！　ワシは国王だぞ!?　民が命を差し出すのは、当然であろう!!」

「やはり、己を見つめ直すには時間がかかるようですね……ギデオンさん」

アーガスが手を叩くと、天井から執事服を着た背の高い男がシュタッと舞い下りた。

「えっ……!?　あ、あんたは……！」

現れた男を見て、俺は言葉を失った。

なにせそいつは、かつてエルウィンのテイマーをまとめていた、テイマー長のギデオンだったのだ。

俺が国を追放されたのは、ギデオンの進言がきっかけだ。昔の彼は国王の顔色を常に窺っているような、おどおどした人物だった。

しかし、今は背筋をシュッと伸ばし、執事として申し分のない堂々とした佇まいだ。

「お久しぶりですな、レヴィン殿。かつては大変な無礼を働き、申し訳ございませんでした」

ギデオンが恭しく一礼する。とても優雅で、気品溢れる仕草だ。

昔の上司が執事になっていることは驚きだが、そんなことはどうでもいい。

何よりも目を引いたのはギデオンの肉体だ。

俺たちに向き直った彼が胸を張ると、シャツのボタンが弾け飛んだ。

「ああ、これはお見苦しいところを。またサイズが合わなくなってきたようですな……大胸筋が成長するのはいいことなのですが」

ギデオンは、極限まで仕上がったマッチョになっていた。

身長もあの頃よりずっと伸びている……遅い成長期だろうか。

「さて、ご用件はなんでしょうか、アーガス様」

「ドルカス殿を連れていってください。みんなのために労働する喜びを知れば、きっと考えが変わるでしょう」

「それはいい案でございますな。さあ陛下！　いや、元陛下!!　たるんだ精神を鍛え直しますぞ!!」

ギデオンは手刀でドルカスの戒めを解くと、肩にかついだ。

「ギ、ギデオン、なんのつもりだ……まさか、追放した恨みを晴らそうとでも言うのか!!」

「なんと俗なお考えを！　この神殿では、誰もが懸命に今日を生きているのです。あなたを遊ばせておく余裕などありません。ここで民のために尽くし、改めて己の所業を見つめ直されよ！　健全な精神は健康な肉体に宿るのですぞ‼」

以前の気弱で保身ばかりを考えていた姿はなく、はつらつと動き回るギデオンを見て、頭がくらくらしてくる。

「えっと……復讐のためにドルカスを攫ったんじゃなくて、改心の機会を与えるためってことか？」

「あなた方に多大な迷惑を掛けた私が言うのは恐縮ですが、それが人体実験を受けた者たちのためにできることかと」

正直、事態がちっとも呑み込めない。

とりあえずドルカス失踪の真相は、猩々と呼ばれる幻獣を従えるアーガスの犯行だった。

ところが彼もギデオンも追放されて改心しており、俺の知る人柄ではなくなっていた。

「えっと、レヴィン。どうするの？　元国王は連行した方がいいのかな？」

「いや、ひとまず放っておこう」

「え、でも……大丈夫なの？」

「悪い企みはないみたいだしな。ゼクスにはありのままを報告する。そうすれば、あとはどうにかしてくれるだろ……多分」

アーガスたちに思うところはあるが、今の様子を見たらどうでも良くなってきた。

「分かった。それじゃ一旦、戻ろう。私はレヴィンの騎士だから、レヴィンの判断に従うよ」

こうして俺たちは、過去と決別するのであった……

「お、お待ちください！」

悪夢から逃げようとした俺たちを、アーガスが引き留めた。

「その……どの口がと思われるでしょうが、どうか我々を助けてくださらないでしょうか？」

アーガスが、それは見事な土下座をした。

「それは一体どういう――」

ことかと尋ねようとした時、けたたましい雄叫びと共に、神殿の外壁が激しい音を立てて崩れた。

その向こうからやってきたのは、レイジングタウルスだ。

恐らく、先ほど遭遇した個体だろう。

「グォオオオオオ!!」

この森の瘴気に汚染されたのか、レイジングタウルスは完全に正気を失っていた。

「お下がりください。ここは私が」

真っ先に前に出たのはアーガスであった。

「カトリーヌ、あなたの力を貸してください」

「はい」

アーガスが杖をそっと手放すと、垂直に浮かび上がった。

カトリーヌさんの手を握り、杖に向かって祈り始める。

「我らを見守りし、偉大なる主よ。どうか、邪悪なるものを祓いたまえ」

直後、杖に埋め込まれた宝玉が眩い光を発したかと思うと、まるで光の柱のような熱線が放たれた。

「ガァアアアア!!」

光線が魔獣を呑み込む。

レイジングタウルスは抵抗する間もなく、一瞬で消滅した。

「ふぅ……なんとか倒せましたね……おや？　どうしましたか？　そのように目を丸くして」

「今の力はなんなんだ……!?」

並の魔術師とは比較にならないほど強力な魔力の砲撃(ほうげき)であった。

一体どこでそんな魔法を習得したのか。

「猩々は森に祈りを捧げる、敬虔な生き物です。その気になれば、女神の力を借りて奇跡(きせき)を起こせます。私は彼らの生き方に感銘(かんめい)を受け、共に生きると決めました。強い絆(きずな)で結ばれたことで、私の《猩獣使い(せいじゅうつか)》の能力が高まり、猩々の力を借りることができるようになったのです」

幻獣との絆が深まったことで、テイマーとしての力が上昇した？

そんな話は初めて聞くが、こうして目の当たりにした以上、信じるしかないだろう。

◆　◆　◆

「レヴィン、アリア殿、これは一体どういうことなんだ？」

森の奥でアーガスと再会した翌日のことだ。

俺たちはリントヴルムの背に戻り、事件の顛末をゼクスに説明していた。

都市の中心部にある自宅の前で、アリアが困ったように答える。

「えっと……私たちもよく分からないというか……」

俺たちの視線の先では、慌ただしくゴリラ……猩々たちが働いている。

崩落した都市の資材を集めてくれているのだ。

「一つ確かなのは、ご覧の通り、この竜大陸に新たな仲間が増えたってことかな」

「伝説の猩々がエルウィンにいたとはな。しかし、あそこで働いている聖職者のような装いの男はまさか……」

俺は昨日の経緯を全て語る。

「……理解が追い付かない。第一アーガスはともかく、ギデオンは骨格からして別人ではないか!?」

ゼクスの言う通りだ。

以前のギデオンは俺やゼクスよりも背が低く、弱々しい見た目だった。

それが今や、俺たちよりもずっと屈強な体格をしており、猩々に交じって力仕事をしている。

「深く考えない方がいいかもしれません……」

アリアもギデオンを見て頭を押さえている。

骨格レベルで変貌を遂げた彼については、理解しようとするだけ無駄なのかもしれない。

ゼクスと話し込んでいると、エルフィがやってきた。

「ママ、猩々のひとたちはみんなここに運んだ。あとは【移住】を使って神殿を持ってくればＯＫだよ」

「エルフィ、大変な仕事を引き受けてくれてありがとうな」

俺はエルフィの頭を撫でる。

猩々たちはかなり重いため、ワイバーン二匹がかりで連れてこざるを得なかった。

そのため、力のあるエルフィにも手伝ってもらっていたのだ。

「へへ、頑張った……今夜は子兎のステーキが食べたいな。あ、でもチキンも捨てがたい……」

「チキンか……」

ふと、サンドウィッチを頬張っていた、昨日の少女を思い出す。

エルフィとリントヴルムの仲間……新たな神竜だ。

結局、名前は聞けず終いだったが、エルフィにはちゃんと話しておくべきかもしれない。

「エルフィ、君は前に、この都市を開拓してほしいって俺に頼んだよな」

「うん。ここはみんなが帰る場所だから、ちゃんとしておかないと」

神竜たちがいずれ帰る場所だということは、この世界にはエルフィたち以外にも神竜がいる可能性は高い。

「それなら、仲間にだって会いたいよな？」

「もちろん!!　だけど、この都市にはいないみたい。竜大陸のもっと遠くを探したらいるのかな？それとも地上にいるのかな？」

「もし、別の神竜と出会ったって言ったらどうする？」

「え……？」

エルフィが言葉を失った。

当然の反応だ。彼女にとって、数少ない同胞だ。

「ど、どこで見たの？」

「昨日向かった森の中だ。少し話をしたんだが、すぐにどこかに消えてしまった。すまんな、会わせられなくて」

「ううん。ママのせいじゃない。でも、そっか。私の仲間が……」

エルフィが目を閉じて感慨深げにしている。

新たな仲間が増えた竜大陸だが、エルフィのためにも神竜の仲間たちも探してあげたいものだ。

「ママ、時間がある時に、その子を探しに行ってもいい？」

「ああ、もちろんだ。エルフィの頼みならなんだって聞くよ」

「うん、ありがとう」

感謝の意を示すように、エルフィが抱きついてくる。

俺はその頭をそっと撫でながら、この都市の新たな住人に目をやる。

アーガスの頼みは、猩々たちが静かに暮らせる場所を探してほしいというものであった。

あの森は当初、猩々が暮らす普通の森だったそうだ。ところが、どこからともなく毒の瘴気が湧いてきて、死の森に成り果ててしまった。

猩々たちは、浄化を試みたが、瘴気の原因が特定できずに生息地が狭(せば)められ、あの神殿でしか暮らせないという状況に陥(おちい)っていた。

そこで俺は、彼らをリントヴルムの背に招いたのだ。

「しかし、いいのか？」

ゼクスが疑問をぶつけてくる。

「君がアーガスの頼みに答える義理はないのでは？」

「いや、そうでもないよ」

猩々をリントヴルムに移住させたのには理由がある。

「猩々は、人間から迫害(はくがい)を受けていた種族なんだ」

「そうなのか？　私はあまり彼らの事情に詳しくはないのだが」

「彼らは知恵も力も人より優れているから……それを脅威に感じた人たちに襲われて、人目につかない場所で暮らすようになったそうだ」

俺が読んだ書物には、猩々は当時の人間によって徹底して駆逐(くちく)されたとあった。

彼らの弱点や生態まで事細(ことこま)かに記されていたのだ。

「だけど、それでいいはずがない」

「ふむ、確かに今も甲斐甲斐(かいがい)しく、都市の残骸(ざんがい)を片付けてくれているな」

リントヴルムに招いた直後から、猩々は都市で求められる力仕事を率先して引き受けてくれた。

俺に恩義を感じてくれているようで、崩落した都市の残骸を撤去してくれているのだ。

「それに彼らは、死にかけていたアーガスたちや、ドレイクの実験を受けた人たちの治療をしてくれたんだ。人から迫害を受けながらも、そこまでしてくれるなんて、なかなかできることじゃない。だから俺は彼らの力になりたいと思ったんだ」

「なるほど……被験者たちは苦しい生活を送っていたと聞いている。私も感謝しなければな」

以前、俺は被験者をリントヴルムの背に運び、聖獣たちの力を借りて、傷を治療したり、歪められた姿を元に戻したりした。その時の彼らは完治し、それぞれの故郷に帰っている。

しかし、被害者は他にもいたのだ。そんな人に手を差し伸べてくれたのが猩々たちだ。

「魔獣に関して君の目は信用できる。その判断は正解だろう。しかし、アリア殿はいいのか？」

ゼクスがアリアに視線をやる。

確かに俺は気にならないが、彼女もそうだとは限らない。

昨日もアーガスに敵意を露わにしていたし。

「……確かに昨日はびっくりしましたが、今は大丈夫です。レヴィンの判断なら、疑う理由はないですし。それにもう、私を縛る短剣もありませんから」

アリアは、己の魔力で生成した【忠義の短剣】を捧げた相手に従わなければならない。

ドルカスからその短剣を譲り受けたアーガスは、アリアを無理矢理婚約者にした。しかし、その短剣はすでに破壊しているので、アリアを縛るものは何もない。

俺たちが話し込んでいると、噂のアーガスがやってきた。

「レヴィン様、今回は同胞の移住を受け入れてくださってありがとうございます」

アーガスが深々と礼をする。

「俺も彼らが毒に苦しめられるのを見るのは忍びなかったからな。《聖獣使い》として、彼らを気にかけるのは当然だろ」

「あなたに感謝を。そして今一度、これまでの無礼の数々を謝罪させてください」

本当に以前のアーガスと違いすぎて、戸惑ってしまう。

「アリア様も申し訳ございません。私が思い上がったばかりに、お二人を無理矢理引き裂きました。今思えば、実に浅慮で愚かでした」

膝を折ったアーガスは、地面に額を付けて謝罪する。

「もう気にしてないというか……今の私はレヴィンのものだからいいよ」

「待て待て。誤解を招くような言い方は……」

アリアもまた、エルウィンから出奔して、このリントヴルムにやってきた。

今度は俺を主と認め、【忠義の短剣】を捧げてくれたが、あくまでも騎士として忠誠を誓ったという話だ。

「私はレヴィンに忠誠を誓い、レヴィンに仕え、レヴィンを生涯守り続けるから……実質的に私の命はレヴィンのものなんだよ」

「どういう理屈なんだ？」

そんな俺たちのやり取りを見て、アーガスが微笑む。

「やはり、私は間違っていましたね。追放され内省する機会を持てて、本当によかったです」

深く頷くアーガスを見て、ゼクスが呆れている。

「やれやれ、追放されてよかったというのもおかしな話だがな。それより、猩々たちが瓦礫を一ヶ所に集めているが、これはどうするつもりなんだ？」

「ああ。都市の機能でまとめて【回収】しようと思って」

都市の中央、神樹の側にある祭壇に置かれていた管理用の魔導具を、俺は持ち歩いている。

一部の機能は地上でも使えるが、これから使うのはここでしか使えない機能だ。


――【回収】のコマンドを使用いたします。

猩々たちが集めてくれた残骸が、青い光となって神樹に吸収されていく。

【リントヴルム市運営状況】
管理人：レヴィン・エクエス
人口：477
都市ランク：D
実行可能なコマンド：【仮想工房】【補修】【回収】【非常食製造】【移住】【聖竜砲】
コマンド進化：【建造】→【仮想工房】

――資材の回収量が一定値に達し、既存のコマンドをアップデートいたしました。都市の管理にお役立てください。


「【建造】が新しいコマンドに……？」

これまで建物やちょっとした家具、魔導具を作っていたコマンドが変化した。

俺は早速、試してみる。


――【仮想工房】を実行。【設計・開発】モードで展開いたします。


無機質な音声と共に、光が走った。

光が収まると、周りが青白い網目状の直方体で覆われていることに気が付いた。

「なんだこれは……？」

俺を中心とした周囲だけ、薄暗い空間になっている。

「ママ、これ知ってる……!!　ここだけ『高次空間』になってる」

「こ、こうじくうかん……？」

「分かりやすく言うと、夢の世界みたいなもの。現実であって現実じゃない。だからこんなこともできる」

エルフィが手のひらでお皿を作ると、鉄の塊が落ちてきた。

そしてそれを粘土のようにぐにゃりとこね始めた。

やがてこねくり回した鉄の塊が剣の形となる。不格好だがエルフィの背丈を超えるほどの大剣だ。

「えいっ!!」

一体どういうことなのかと困惑していると、突如として、エルフィが大剣を振り下ろした。

「うおっ!?　エルフィ、何を……って、あれ？」

大剣は俺を叩き潰すことはなく、身体をすり抜けていた。

「これはどういうことなんだ？」

「今作ったのはあくまでも剣のイメージ。設計図みたいなもの。まだ本物じゃない」

まだ、ということは、この先があるということだろうか？

「【製造】モードを実行してみて」

俺はエルフィに言われるがまま、魔導具に魔力を込める。


――かしこまりました。【製造】モードに移行いたします。


今度は網目が緑色に変化した。

そして、俺の周囲に四角い形の青白い設計図がいくつか投影される。

「家にテーブルに冷蔵庫……今まで【建造】で作った物がずらっと並んでるな。それとこれは……

今エルフィが作った剣か？」

【エルフィソード】なんていう適当な名前が付けられている。

どうやら、この都市に貯蔵した資材と設計図で、物品を量産できるようだ。

【建造】のラインナップをさらに拡張させて、設計図を作り出す機能も追加されたって感じか」

「そういうこと。今よりもっと大きな家を建てたり、便利な道具を作ったりもできる」

エルフィの様子を見た限り、この空間では素材を自由に使って直感的に設計図を作れるようだ。

猩々たちのおかげで資材はたんまり溜まったし、ここで試行錯誤をしてみよう。

「タイミングがいいな。ちょうど、新しい家を作りたいと思ってたんだよな。資材が足りなくてルミール村の人たちは元の家のままだし。折角ならもっと豪華で住みやすい家でも作るか」

「我が家ももっと豪華にしたい」

「ああ、そうだな」

こうして俺たちは【仮想工房】を使って、あれこれと家造りを試みる……のだが。

「うーん……これはなかなか難しいな」

この空間では、イメージの中で様々な素材を生み出すことができ、それを好きな形に加工して、新たな発明をすることができるのだが……

「素人の思いつきだと、なかなか上手くいかない……」

「そもそも建築の知識なんて無いからなあ」

さっき、エルフィが作った剣のように、出来上がるのは不格好な家ばかりだ。

このまま【製造】で実体化してしまうと、重さに耐えられずに一気に崩壊しそうだ。

あれやこれやと試して苦戦していると、アーガスがやってきた。

「どうやらお困りのようですね、レヴィン様。力を貸しましょう」

「何かいい案があるのか？」

「同胞には高度な知識と技術を持った者も少なくありません。ここは、同胞の中でも特に手先が器用で、工学に造詣の深い者に任せようと思います。アントニオ、来ていただけますか」

アーガスが外で作業していた猩々の一人を手招きする。

胸を反らしたようにシュッと背筋を伸ばした人物で、チュニックの上に、一枚の布を肩から流すように巻き付けている。

古風な格好をしているが、理知的な印象を受けるな。

「アントニオは我々が住んでいた神殿の設計者です。彼の手を借りれば、きっとより良い住まいを生み出せるでしょう」

アントニオが大きな手を差し出して握手を求めてくる。

「私の名はアントニオ。建築家をしている者だ。レヴィン殿、よろしく頼む」

「こちらこそよろしく。家の補修はともかく、一から生み出すというのは慣れてなくて」

「ご安心を。最高の住まいを提供しよう」

アーガスのおかげで、とても心強い助っ人が得られた。

アントニオは早速、この機能に順応したようで、様々な素材を生み出して頭を悩ませている。

そんな様子を見て、ゼクスが顎に手を当てる。

「ふむ。これでますますリントヴルムの開拓が進むな。羨ましいくらいだ」

「これもアーガスのおかげか。改心したなんて今でも信じがたいが、猩々たちに慕われているのを見ると、信じざるを得ないな」

「まったくだ。しかし、そうなると問題は父上か」

ゼクスがちらりと視線をやると、その先ではドルカスが猩々たちに囲まれていた。

「ウホッ！　コンナ軽イ荷物モ持テナイナンテ、鍛エ方ガ足リナイ」

「うるさい!!　貴様らゴリラの基準で考えるな!!　こんなもの持てるわけがなかろう!!」

ドルカスは資材回収に駆り出されたようだが、役に立たなかったようだ。

「ナラ、農作業ヤル。ココノ村ノ人タチ、美味シイ野菜ヲ育テテル。オ前モ手伝イシテ、農家ヘノ感謝ノ気持チ覚エル」

「な、なな、ワ、ワシにそんな下民の仕事を……!!」

「仕事ニ上モ下モナイ。生キルタメ協力スル」

こんなところでは王の威光も何もあったものではない。

ドルカスは猩々たちの気迫に圧されっぱなしのようだ。そんな様子を見てゼクスが笑う。

「フハハ、見てみろレヴィン。父上のあんな姿、なかなか見られるものではないぞ」

「まあ、確かにそうだが、いいのか？　連れて帰らなくて」

「最初はそうしようと考えていたのだがな。仮にも王族だから、我々も困っているところだったんだ。竜大陸への流罪かつ肉体労働に従事するとなれば、皆納得するだろう。おまけに、猩々たちが父上の性根を叩き直してくれるのならば、文句はない」

そう言って高笑いするゼクスだが、心なしか安堵しているようにも見える。

彼はドルカスの愛情を受けなかったが、実の家族であることは変わらない。そんな父を追い落とし、首を刎ねるのには抵抗があったのだろう。

「身柄が無事であれば、ひとまず問題はない。良からぬことを考える者がいたとしても、こんな空の果てまではそう来られないだろうしな」

まあ、そういうことであれば、ここで監視しておこう。

アーガスとギデオンが「脱走しないように責任を持つ」と言ってくれたし。

「しかし、さっきから気になっていたのだが、アリア殿は何をやっているのだ？」

ゼクスの視線が高次空間の隅でうずくまるアリアに注がれた。

つられて俺もそちらを見る。

「アリア、どうしたんだ？　さっきからコソコソと」

「あ、レヴィン……実は剣を作ってて。私、鍛冶の知識がそれなりにあるから」

アリアは《神聖騎士》の能力で、魔力を用いて武器や防具まで上等なものを生成できる。

そのおかげか、武器の製法にも造詣が深いらしい。

「魔力で剣を作れるのに、新しい剣を用意するんだな。予備用か？」

「ううん。これはレヴィンの剣」

「俺の……？」

アリアが剣を差し出す。

白い刀身を持つ、美しい長剣だ。ところどころに高価な貴石が配されており、貴重な素材で刀身が強化されているようだ。

「レヴィンのことは私が守る。だけど、護身用に立派な武器を持ってた方がいいでしょ？」

「確かに俺も剣術の心得はあるけど、これはさすがに高価すぎないか？　さすがにこんな上等な剣を受け取るわけには……」

俺の見立てでは、この剣は最高級の鍛冶師が生み出す業物に匹敵する。

実際に【製造】するとなると、素材だけでも相当高く付くはずだ。

「心配しないで。使う素材は自腹で払うよ。給金と、騎士としての任務で手に入れた貴重な素材を全部使うつもり」

「ますます受け取れないって。アリアが自分のために使うべきだよ」

「私は武器も防具も足りてるから。レヴィンの天職は凄いけど、いざという時の保険は必要。レヴィンが渋っても絶対に受け取ってもらう」

そう言って俺を見上げるアリアの意思は固い。

「分かった。そこまで言うなら大切にするよ。ありがとうな、アリア」

「うん……!!　すぐに素材を持ってくるから、ここで待っていて」

しばらくすると、アリアが素材を抱えて戻ってきた。それらを【回収】で一度集める。

そして、都市機能の権限を彼女に貸与すると早速【製造】が実行され、立派な白い剣が出来上がった。

俺はそれを受け取ると、腰に下げる。

「改めて、ありがとう。お前からの贈り物、大切にするよ」

アリアが見せた満面の笑みに照れくさくなる。

こうして【仮想工房】の試運転は幕を閉じた。

第二章

猩々たちが竜大陸にやってきて数日が経った。

自宅で昼食の準備をしていると、背後から底冷えするような暗い声が響いた。

「レヴィン殿……」

「うわっ！　なんだ!?」

驚いて、思わず鍋(なべ)を倒しそうになる。

慌てて振り向くと、そこにはやつれた様子の建築家、アントニオがいた。

彼には都市管理機能の【仮想工房】の【設計・開発】モードの権限を貸与し、村の人たちのために家の設計を依頼していた。

あれから何か進展があったのだろうか？

俺が尋ねると、アントニオは自信満々に頷く。

「できたとも。完璧な作品だ」

「まだ三日しか経ってないのに、もう設計が終わったのか？　凄いな」

都市の機能を貸しているとはいえ、一から家をデザインするなんて、簡単なことじゃないと思う。

それを三日でこなすなんて、かなり優秀だ。

「まあ、私はＧＩＱが５５５あるからな。これぐらい容易いことだよ」

なんだＧＩＱって。

「Gorilla（ゴリラ） Intelligence（インテリジェンス） Quotient（クォーシエント）……ゴリラ知能指数の略だ」

「よく分からんが凄そうだな」

さっそく、アントニオの設計した家を見に行ってみよう。

なにせこれから、村のみんなが住む家だ。【製造】するにしても、ちゃんとできているか確認しないと。

家の前の広い空間でアントニオが【設計・開発】を実行し、高次空間を展開する。

「……なんだこれ」

現れた建築物を見て、俺は腰を抜かした。

天をも貫くような四本の尖塔（せんとう）、目を奪われるほどに壮麗（そうれい）で巨大な聖堂、その周囲を彩（いろど）る芸術的な噴水公園（ふんすいこうえん）。

そこにあったのは、およそ人の住むところとは思えない豪華な建物であった。

「私の持つ知識と芸術の粋、そして女神への敬愛を込めた究極の城だ。エルウィンの王都ウィンダミアにも負けぬ、いや、圧勝する美麗さだ！　本来なら工期に三百年は要す大建築だが、この都市の機能を活用すれば一瞬で作れる!!　私はこれを今日からゴリラダ・ファミリアと呼ぼう!!　フハハハ！」

己の作品の出来に満足しているのか、アントニオがやたら高いテンションで叫ぶ。

だが待ってほしい。

「いや、でかすぎるだろ!?　確かに広い家の方がいいけど、いくらなんでも限度がある！　こんなのが乱立していたら、さすがの竜大陸でも土地が埋まるぞ!!」

「何を言っている？　これはあなただけの城だ、レヴィン殿」

「俺の……？」

何を言ってるんだろう。依頼したのは、村のみんなが住むための快適な家だけど。

「あなたはこの竜の背に国を作り、王になるのだろう？　ならばその住まいも立派なものであるべきだ。ゆえにこのアントニオ、全身全霊を込めて設計させていただいた」

「いやいや、みんなの家を作るって話だっただろう？」

「……そういえばそうだったような」

ＧＩＱ５５５のアントニオは、どうやらうっかりやのようだ。

◆　◆　◆

さらに数日が経った頃、アントニオはルミール村の人たちが住む家のデザインを終えていた。

「人の心が安らぐ白壁に噴水、プールが自慢だ。そこらの大貴族の屋敷にも劣らない壮麗さだろう？」

用意されたのは庭付きの豪邸だ。広すぎると持て余すので、ある程度コンパクトにしてもらっているけれど、以前の村の暮らしでは想像もできないほど豪華なものに仕上がっている。

しかし、そこにはある問題があった。

「アントニオ、これらを作るには建築資材が足りないんだが」

アントニオの設計はどれも美しく素晴らしいが、細部まで凝っていたり、そもそもかなり大きかったり、使用している建材が豪華だったりして、製作のコストを完全に度外視している。

「工期やコストなど考えるだけ無駄だ。フハハハハハハハ!!」

当のアントニオはとんでもないことを口走っている。

「偉大な芸術を実現するために、そんなものに縛られている訳にはいかぬ！　芸術とはもっと自由で気高くなくてはならんのだ!!　その点、この【設計・開発】モードは素晴らしいぞ。素材はいくらでも使える!!　土地は無限!!　フハハハ、創作意欲が刺激されるぞ!!」

「いや、あくまでもシミュレーションだからな……」

空間に投影されたアントニオの建築はどれも素晴らしいが、実際に建てられなければどうしようもない。

「次はこの町並みにふさわしい豪華な門でも建てようぞ!!」

しかし、アントニオはそんなことも気にせず、新たな建築に取り掛かろうとしている。

「待て待て。先に建築資材を集めなきゃいけないだろ。都市の瓦礫だけじゃ足りないぞ」

「当然だ。今回建材に採用したのは、都市の瓦礫からわずかに入手できたコンクリートらしきものだ。私の知る限り、地上のどの国でも使われていない特別なものだぞ。この竜の背に素晴らしいアトリエを授けてくれた貴殿にあやかって、レヴィン・コンクリートと名付けた!!」

「勘弁してくれ……」

「私がレヴィン・コンクリートの原料を分析してみたところ、竜大陸で採れる品々を、絶妙な配分で混ぜ合わせていたことが分かった。今から言う素材をぜひとも集めてほしい!!」

どうやら次の課題は、家の建築素材集めらしい。

リントヴルムの背中に築かれた都市はかなり広い。

単純な面積もさることながら、都市中に張り巡らされた空中回廊(くうちゅうかいろう)によって、多層構造となっており、縦方向の空間も有効に活用されているからだ。

とはいえ、今はほとんどが崩落しており、在りし日の都市をよみがえらせるにはそれらを修復する必要がある。

アーガスと猩々が残骸を集めてくれているから、【回収】を使えば建築の基本素材は再利用できる。今回の家作りにも、こうして集めた都市独自の金属が使用されているのだ。しかし……

「この都市の金属は柔らかく加工しやすいが、耐衝撃性に優れている。錆にも滅法強い。まさに竜の叡智が詰まった究極の素材と言えるだろう。だが、色が気に入らない！　無骨で薄暗い色だ!!　ゆえに、ありったけのレヴィン・コンクリートを塗り、見栄えをよくする必要がある!!」

　実用性だけでなく、見た目にもこだわり抜くアントニオの要望により、コンクリートの材料を探す必要が出てきた。

　とはいえ、見た目が華やかになるのであれば、みんなの心も潤うだろう。

　探す価値は十分にある。

「さて、私なりに都市に残された資料を解読してみたところ、どうやら竜大陸の西にある湖沼地帯の水と石が素材に適しているようだ。今でこそ水の供給は止まっているが、かつては水道施設があり水路を引いていたそうだ」

「あら、湖沼地帯と言えば、わたくしの故郷ですわね」

　アントニオから素材の在処を聞いていると、妖精のフィルミィミィが現れた。

「フィルミィミィ、一体どうしたんだ？」

「どうしたも何もご飯はまだですの？　皆さん集まったはいいものの、お腹を空かせて待ってますわ」

「あ……」

　そうだった。朝食の用意をしている時にアントニオが現れたものだから、すっかり忘れていた。

「ごめんごめん、今すぐ用意するから待っててくれ」

俺の家族に聖獣の仲間たち、エリスとついでにアントニオと、朝食を用意するのもなかなか大変だ。

俺たちは慌てて自宅に帰った。幸い、調理はほとんど終わっている。

俺は料理を皿に盛りつけると、ダイニングに持っていく。

「ほう、レヴィン。今日は随分と珍しいスタイルじゃないか。白米と、グリルした魚に……この黄色くて四角いやつは卵か？　こっちの茶色いスープはなんなんだ？」

父さんが興味深げに用意された朝食を眺める。

今朝は、最近ハマっているセキレイ皇国の郷土料理に挑戦してみた。

「この黄色いのは玉子焼き、卵を溶いて出汁で味付けしたのを焼いて丸めたんだ。こっちの茶色いのは味噌汁。味噌っていう異国の調味料に、魚の出汁を溶かしたものだよ」

クローニアを訪れた時に出会った商人、メルセデスさんから買い付けたものだ。

旅の行商人をしているようで、珍しい異国の調味料もたくさん扱っていた。

前にエリスに振る舞った雑炊も、彼女から買った醤油と鰹の削り節で作ったものだ。

「はぁ……なんだか、身体の芯に染み渡るような美味しさだわ……」

味噌汁を口にした母さんがうっとりとした表情を浮かべた。

出汁はエルウィンでも珍しくない。魚のアラや骨から出汁を取ってソースに使うこともある。

だけど、この鰹節というのは、これまでにない素晴らしい発明だ。

鰹の肉を乾燥させて出汁にするなんて発想、どうやったら出るのだろうか。

この削り節に凝縮された風味は圧倒的で、味噌と合わさると、とても奥深い味わいになる。

エリスが味噌汁を口にして、満足げな表情を浮かべる。

「やっぱり、レヴィンさんは料理の天才ですね。こんな異国の料理もマスターするなんて。アリアさんもそう思いませんか？」

「えっ……!?　あ、う、うん。はい！　そう思います!!」

突然話を振られて、アリアが素っ頓狂な声を上げた。

「レ、レヴィンにおかれましては、これまで出会ったどんな人より、料理がお上手でいらっしゃられれ……うぅ」

なんだか妙な言葉遣いをしては、盛大に噛んでいた。

「ふふっ。アリアったら落ち着いてください」

フィオナ姉さんが二人のやり取りを見て笑っているけど……

「ママ、おかわりある？」

そんな中、エルフィはマイペースで食べ進め、もう平らげたようだ。

「ああ、もちろん。エルフィの分は米もおかずも、多めに用意してるからな」

エルフィは大体五人前は食べるので、鮭はたくさん焼いてある。

食費がかさむのが玉に瑕だが、育ち盛りの娘のためならば痛くも痒くもない。

俺がご飯をよそってあげていると、姉さんが口を開いた。

「あ、そうです、レヴィン。実は私とお父さんから相談があるのですが……」

「相談？」

俺が尋ね返すと、父さんが説明する。

「ああ、ルミール村の農業のことだ。お前のパートナーのヴァルキリーさんたちの加護で農作業が順調でな。折角だし、村のみんなと話し合って、もっと農地を広げたいんだ」

「今でもみんなで食べるには十分な生産量だと思うけど……」

「実は私、交易(こうえき)を始めてみたいのです」

えへんと姉さんが胸を叩いた。

姉さんの天職は《商人(しょうにん)》だ。交易を始めるのであれば頼りになるだろう。

「トパーズやサフィールのおかげで、うちの野菜はとびきり美味しいからな。確かに売り出したら、いい稼ぎになりそうだ」

俺がヴァルキリーたちの名前を挙げると、姉さんが大きく頷く。

「そうでしょう？　それにエルウィンとクローニアは、前の戦争で農業に打撃を受けていますから、新規で参入するチャンスです。被害に遭った方にも野菜を分けてあげられそうですし……」

「なるほど。そういうことか」

「……というわけでレヴィン、農地の開拓と実際の商売は父さんたちでやるから、それ以外のことを頼んでいいか？」

それ以外……ってなんだ？

「灌漑（かんがい）のことですわね」

「フィルミィ、いつの間に来てたんだ？」

　家の中ではさすがに狭いので、相棒たちには家の外に用意したテーブルで食べてもらっている（もっと広い家ができたらみんなで食卓を囲みたい）のだが、いつの間にか食べ終えて家の中に入っていたようだ。

「もともと、わたくしの住む湖沼地帯からこの都市には大きな水路が引かれていました。ですが、今ではすっかり涸（か）れてしまって……」

　そういえば、さっきアントニオもそんなことを言っていたな。

「なるほど。農地を広げるには、その水路を復活させないといけないって訳か」

「サフィールさんや都市の天候調整でも十分だが、水道設備が今以上に整えば農業用水にも活用できるだろうし、より効率的に農地を広げられるはずだ。頼めるだろうか」

「分かった。復活させられないか調べてみるよ。姉さんは困り事はない？」

「交易を始めるために、地上との輸送手段が欲しいです」

　確かに、実際に野菜を売るには一度、地上に運ぶ必要がある。

「ひとまず、ワイバーンさんたちの力を借りたいのですが、どうでしょう？」

「いいんじゃないかな。ただ、ワイバーンは多くないし、たくさんの量を頻繁に運ぶとなると負担が気になるな」

　リントヴルムの背中は快適だが、地上と距離が離れているのが難点だ。

ワイバーンたちの力を借りれば往復はできるだろうけど……

「はいはい！　それなら私にも心配事があるわ!!」

俺たちの話を聞き、母さんが元気よく手を挙げた。

「野菜に関しては自給自足ができてるんだけど、牧畜はまだでしょ？　今はレヴィンの魔獣さんたちが都市の外で狩りをしてくれてるからなんとかなってるけど、人口も増えてきたし、そのうち賄えなくなると思うの」

「それは困りますよね……まあ、私たちは質素な食事に慣れてるから野菜だけでも問題ありませんけど、村の皆さんまでそんな目に遭わせるわけにはいきません」

確かに母さんと姉さんの言う通りだ。

俺は野菜オンリーの食生活でも耐えられるが、他のみんなはそうはいかない。

「姉さんの交易が軌道に乗れば、地上でいろいろな食品を買い付けられるようになるはず。そのためには輸送の問題をどうにかしないとな」

ワイバーンたちに頼りきりにならない輸送手段が欲しいところだが、今の俺たちでは解決できない課題だ。

「よし、まずは湖沼地帯に行って、様子を見てみるよ。輸送に関してはワイバーンに頼んで何匹か手伝ってもらおう。その内、別の手段も考えないとな」

とりあえず今後の方針は決まった。

俺たちは朝飯を平らげると、それぞれの仕事に出た。

「前も来たが、ここまで結構遠いんだよな……」

昼の弁当を準備した俺は、エルフィにアリアとエリス、それに何人かの猩々を連れて、フィルミィミィの案内で湖沼地帯を訪れていた。

ここはフィルミィミィの故郷で、以前彼女をテイムした時にも訪れたが、エルフィやグリフォンのヴァン、ワイバーンの力を借りても片道一時間はかかる距離なのだ。

「す、すぃやせん、ご主人！　俺らが親分やエルフィの姉御よりもアシが遅いせいで……心よりお詫びいたしやす……!!」

ワイバーンたちが申し訳なさそうに頭を下げる。

「いやいや、別に君たちを責めたわけじゃないよ。むしろここまでかなりの距離なのに、みんな付いてきてくれてありがとう」

今回の目的は建築用の素材採取と、水道施設の様子を探ることだ。

ワイバーンたちには、素材の運搬のために付いていきてもらっていた。

俺たちが到着したのは、妖精たちが多く住む巨大な湖だ。

「何度見ても綺麗なところだな」

湖の水は透き通った青色で、日光が湖面に反射すると、まるで星のようにキラキラと輝く。

「うん。静かでいいところだね。ねえ、レヴィン、なんだか甘い香りがしない？」

「このあたりに生えてる固有の花らしい。湖に住む妖精たちはこの花の持つ魔力を吸って育つから、癒やしの力を身につけるんだとか」

「それじゃあ、あの木と花でできた小さな家は妖精の家なのかな？」

湖面に浮かぶ蓮の葉の上に、妖精たちの住む家が載っている。

木と花でできた可愛らしい家だが、一体どういう原理で浮いているんだろう。

「実に創作意欲を刺激される景色だ!!　だが、ここに家を建てるのは止した方がいいだろうな。自然の調和を乱すのは無粋だ」

俺もアントニオの意見に同感だ。

フィルミィミィをはじめ、ここの妖精たちは人間に対して友好的だ。

彼らの住処は大切にしないと。

「さて、リントヴルム殿によれば古の石切り場があるようだ。早速、向かうとしよう」

湖からそれほど遠くない距離に石切り場があった。白い岩肌は、無骨ながらどこか雄大さを感じさせる。

「素晴らしい！　ここは美しい石材の宝庫だ!!　ここの水と石材が合わさって、あのような素晴らしいコンクリートが生み出されていたのか!!」

アントニオが興奮している。

例のコンクリートについては彼が最も熟知している。今回の素材集めは彼に指揮をしてもらうつもりだ。

猩々たちの手を借り、早速、石を切り出していく。

「どうやら地上にある石とはかなり組成が異なっているようだ。この竜の大陸自体が特異な環境だし、恐らく石の生成過程も特別なのだろう」

アントニオが切り出した石を観察する。

確かにこのあたりからは魔力を感じる。アントニオの言う通り、特別な過程を経て生み出されたものなのかもしれない。

「ウホッ!!　切リ出セ！　切リ出セ！　我ラノ新タナ家、楽シミダゾ!!」

猩々たちが上機嫌で石を切り出していく。

事前に彼らにはアントニオの生み出した設計図を見せた。ゆくゆくは猩々たちの家も【製造】するつもりだと伝えると、とても喜んでくれて、石を切り出す手に力が入っている。

「新入リ!!　サボルナ!!」

「ひぃ……くそっ、なんでワシがこんな目に……」

「もう弱音ですか。鍛え方が足りませんな!!」

猩々たちに交じって、ドルカスとギデオンも石材の切り出しに参加している。

体力のなさから、ほとんど手が動かないドルカスに対して、ギデオンはその剛腕にガントレットをまとって、次々と岩山を砕いていく。あれ？　石材ってそうやって切り出すものだったか？

「今日の作業が終わったら、ゴリーズブートキャンプの続きですぞ!!　徹底的に筋肉をいじめて圧倒的成長!!」

「も、もう嫌だぁ！」

ドルカスは償いのため、ギデオンと猩々たちの監視下で肉体労働に従事している。

果たして彼もアーガスたちのように心を入れ替えるのだろうか？　あまり想像できない。

「それでは、私とアリアさんも手伝いに行ってきますね。さあ、行きましょう」

「ひゃっ!?　は、はい！　い、いくらでもこき使ってください!!」

ぎこちない様子でアリアがエリスについていく。

後ろ姿を見守っていると、猩々たちと話し込んでいたアントニオが戻ってきた。

「一通り指示を出したぞ。石材の切り出しは皆に任せ、我々は水道施設へ向かおう」

「久しぶりに故郷の様子を見て回りたい」とのことでフィルミィと別れ、俺とエルフィ、アントニオは湖沼地帯に注ぐ大河川を遡って、水源を目指す。

「お、おお！　おお!!　これはどういうことだ!?」

大河川を形成しているのは、不思議な浮遊島だった。

どうやら、中央にある泉からたくさんの水が滝のように地上に注ぎ、河川を築いているようだ。

浮遊島の湖には、滝を形成できるほどの水量はなさそうだが、一体どういう仕組みなんだろう。

「無限に水の恵みをもたらす神秘的な浮遊島か!!　先ほどの妖精の湖も素晴らしかったが、ここはいっそう静かで実に趣深い!!」

アントニオの言う通り、なかなかロマンに溢れる佇まいだ。

「決めた。私はここに住むぞ！　静かで優美で誰にも邪魔されずに創作に没頭できる。まさに理想の環境だ!!　そうだな、湖の畔に小粋なコテージを建てて……いや、湖の中央にそびえる城というのはどうだろうか？　いやいや……」

目の前の浮遊島を見て、アントニオがぶつぶつと思案している。

よほど、彼の創作意欲を刺激したようだ。

「本題を見失っていないか？　今日は、水道を見に来たんだろ」

「そうだった。私の悪い癖だな。つい、芸術に頭が囚われてしまう」

「第一、ここに住んだら食事はどうするんだ？　俺は運ばないからな」

「……クッ」

アントニオが口惜しそうにする。

「さて、水道はこの浮遊島の下の湖に築かれているみたいだな……そこから都市に向かって大きな水道橋が延びている。ここに来る道中も見かけたが、本当に綺麗だよな」

「うむ。都市に築かれた家は無骨なデザインであったが、この水道橋は実に芸術的だ。よし、ポン・デュ・ゴーリと名付けよう」

「そ、そうか」

それにしても、この水道橋はなぜ機能していないのだろう。

素人の俺にはよく分からないが、建築に造形が深いアントニオなら分かるかもしれない。

「早速、この偉大な芸術を観察してくる」

アントニオがじっくりと水道橋を見て回る。

俺とエルフィも散策していると、少しして彼が帰ってきた。

そして堂々と宣言する。

「うむ。分からん！」

「えー⁉」

エルフィが不満そうな声を上げる。

「橋そのものに破損はほぼ見られなかった。恐らく水量を調節し、都市へ送る機能に何か問題があるのだろう。だが、この仕組みが魔力で制御（せいぎょ）されているようでな。魔導具の知識がないと、修理はできん」

そうなると、お手上げかもしれない。

これまでも都市の機能で未知の魔導具を運用することはあったが、それを修理したり解析したりするとなると別問題だ。

「まあ、今日はとりあえず様子見だし、一度エリスたちのところに戻るか」

その時、どこからともなく声が聞こえてきた。

「レ、レヴィンさーん！　ちょっと来てください‼」

石材の切り出しを手伝っているはずのエリスが、なぜかワイバーンに跨がって飛んできた。

何やらひどく慌てている様子だ。

「どうしたんだ？」

「そ、その……大変なものを見つけてしまいまして。とにかく来てください‼」

俺たちは浮遊島を離れ、妖精の湖へ向かった。

そこには、傷だらけの白いイルカの群れが浮かんでいた。

側にはアリアが立っており、周囲を妖精たちが困ったように飛んでいる。

「どうしてこんなに傷ついてるんだ⁉」

見た目は真っ白なイルカだが、頭の上に天使の輪のようなものが浮かび、背中から翼が生えている。

「なんとも珍しい魔獣だな。怪我をしているようだが……彼らはなんという種族なのだ？」

アントニオが興味深そうにイルカの群れを眺める。

「多分、聖獣のデルフィナスだと思う。ただ、深い海の底に棲むとか、遥か空の上で暮らしているとか文献によって情報がまちまちで、はっきりとした記録が残っていないんだ。一説によるとその姿を見た夫婦は、幸せな一生を送るらしい。歴代のエルウィン国王の中で、賢王と呼ばれたフィリップは、デルフィナスを追いかけていて王妃と出会ったとかなんとか」

「なんだかロマンチックだね。でも、今はかなり苦しんでるみたい……」

アリアの言う通りだ。どうしてこんなに傷だらけになっているのだろう。

「何か鋭いもので全身を斬り刻まれたみたいだ。それに、この妙な痣はなんなんだ……」

デルフィナスの身体中に黒色の奇妙な痣ができている。

病によって魔獣の身体に浮かび上がるものとも違っている。

「とりあえず怪我の治療をしないとな。フィルミィミィを喚んで――」

「あ、あの‼」

突然、妖精の一人が話しかけてくる。どうしたんだろう。

「その子、私たちで治療してみたんだけど、全然傷が治らなくて……」

「傷が治らない？」

フィルミィをはじめ、妖精たちには生物の心と身体の傷を癒やす力が備わっている。

それが効かないとなると……

「カトリーヌさんに診てもらえないかな。彼女には治療術の知識がある。俺たちだけじゃどうしようもないかもしれない」

「でも、どうやって診察してもらうの？　ここからイルカたちを都市まで連れていくのは難しいし、こっちに来てもらう？」

「そうするしかないかな。水槽とかに入れて運べれば話は別なんだが……」

悩む俺たちにアントニオが提案する。

「【仮想工房】は使えないのか？　【設計・開発】なら水槽と言わずとも器ぐらい簡単に作れそうだが」

「【製造】モードならともかく、【設計・開発】モードは都市から離れると使えないんだ」

都市の管理機能の中には、【回収】や魔力をチャージして放つ【聖竜砲】のように、神樹から離れすぎると使えないコマンドがある。

そのせいで今回の素材集めに苦労しているのだが……【設計・開発】も同様なのだ。

今からカトリーヌさんを迎えに行くとかなりの時間を要する。

「エルフィ、ひとっ走り頼めるか？」

「もちろん。全速力でカトリーヌを連れてくる」

力強く答えると、【竜化(りゅうか)】して都市の方向に飛んでいく。

この中で最も飛行速度が速いのはエルフィだ。彼女なら最短で連れてきてくれるはず。

「ご主人!! 俺らは一体、どうすれば……」

「ワイバーンたちは予定通り資材を都市に運んでほしい。どの道、俺たちじゃ何もできなそうだしな」

慌ただしくしていると、フィルミィミィがやってきた。

「イルカさんがお怪我をしているというのは本当なのですか？」

「ああ。君の仲間の力でも治療できないみたいで」

「妙ですわね……わたくしが診てもよろしくて？」

「頼むよ」

俺はフィルミィミィの診断を待つ。

「これは呪いの一種かもしれませんわ」

「呪い？」

「詳しくは分かりませんけど、それがこの子たちの身体を蝕んでいるようですわ。わたくしたちの癒やしの力が効かないのはそのせいではないかと」

俺と一緒にイルカを見ていたエリスが提案する。

「レヴィンさん、呪いでしたらエーデルさんの力を借りられませんか？」

エーデルとは俺が仲間にしたバイコーンのことだ。

あらゆる呪いを反転させる力の持ち主で、天職のデメリットに苦しんでいたエリスを治療したのも彼女だ。

早速、エーデルを喚び出す。

「レヴィン殿、いかがなされました」

「ああ。君の力で、このイルカたちの呪いを解いてほしいんだ」

「ふむ……デルフィナスですか。分かりました。試してみましょう」

バイコーンなら穢(けが)れを祓えるはず。これで助かればいいんだけど。

エーデルが祈るように頭を下げる。

すると、白い光がデルフィナスたちを包み始めた。

「確かになんらかの呪いのようですね。私が知らない、未知のもののようです」

「未知の呪い？　君でも分からない呪いがあるのか……」

「っ……はい。こ、これは……くっ……」

様子がおかしい。なんだかエーデルが苦しんでいるような……

「待った。何が起こっているんだ!?」

「分か……りません……!!　とても強力で……この私でも……」

「わ、分かった。無理をしなくていい!!　解呪(かいじゅ)を中止してくれ！」

デルフィナスを包んでいた光が消えると、エーデルはその場にへたり込んでしまった。

「すまない。無理をさせてしまった」

「いいえ、レヴィン殿のせいではありません。ただ、呪いがあまりにも強力で……」

エーデルは《暗黒騎士(ダークナイト)》の呪いさえ解いたのだ。

そんな彼女でもどうしようもないなんて……

「……どうやらこれは、私よりも遥かに力を持つ生物がかけたようです」

「聖獣であるバイコーンよりも強い力だって……？」

「ええ。たとえば神竜族のような、聖獣の中でも伝説に等しい存在などでしょうか」

一体、デルフィナスたちの身に何があったんだ？

「う、うぅ……こ、こは？」

「目が覚めたのか？」

デルフィナスの群れのうち、ひときわ大きな個体が目を覚ました。

察するに、この群れのリーダーだろう。

「湖？　僕らは確かエルウィンの空を飛んでたはずなのに、どうして……」

何かを思い出そうとするかのように、ヒレを頭に当てる仕草をする。

「大丈夫か？　君たちは傷だらけになってこの湖に漂っていたんだ」

「あなたは……もしかして僕を治療してくれたの？」

「いや、それはここにいるエーデルだ」

エーデルを示すと、彼女が控えめに補足する。

「わずかばかり呪いを引き受けただけで、完全に治したわけではありません」

「それでも身体が随分と楽になったよ。ありがとう!!」

ペコリとデルフィナスが頭を下げた。

先ほどと比べて、痣の数が減っている。どうやら、エーデルの解呪は無駄ではなかったようだ。

俺たちが自己紹介すると、デルフィナスも名乗る。

「僕の名前はマルスだよ。この群れのリーダーなんだ」

「それじゃあ、マルス。何があったか聞いていいか？　そもそも君らは竜大陸の住人なのか？」

「竜大陸？　一体、なんのこと？」

彼らは外から迷い込んできたようだ。

「僕たちは普段、人前には姿を現さないんだ。空を気ままに旅して、たまに海の底に潜ってご飯を食べる。そんな生活をずっと続けてきた」

なるほど、海と空を自由に行き来する生態だったのか。

「だけど、旅の途中でとても恐ろしいものに会ったんだ……」

「恐ろしいもの？」

「あれは……あれは……間違いない。神竜……」

そこまで言った時、マルスは再び気を失ってしまった。

「神竜だって？」

マルスの口から飛び出した単語が、信じられない。

それからしばらくして、エルフィがカトリーヌさんを伴って戻ってきた。なぜかアーガスもいる。

曰く、「愛するカトリーヌの側に、私がいるのは当然でしょう」とのことだ。

デルフィナスを診察した後、カトリーヌさんが所見を述べる。

「恐らくは、わたくしたちの森を襲った汚染と同種のものだと思われます」

「毒の瘴気と同じ原因ってことか？」

「はい。あの森はもともと温かな魔力の満ちた緑豊かな森だったのです。ですが、それは徐々に狂っていきました。最初は木々が数本枯れる程度……ですが、湖の魚が死に絶え、不自然な数の獣の死体が見つかるなど、不可解な出来事が続き、わたくしたちが異変に気付いた頃には、森の一角が瘴気で汚染されていました」

「アーガスが来た頃には汚染が進んでいたみたいだが、異変が始まったのはいつなんだ？」

俺が尋ねると、アーガスが顎に手を当てて考え込む。

「カトリーヌの話から考えるに、恐らく半年ほど前でしょう。私が訪れた時にはあの様子でした」

俺が王城を追い出されるより数ヶ月前か。

「それから、わたくしたちは原因を研究し、全員の力を合わせて、瘴気を祓う結界を発動させました。といっても限定的な範囲で、住んでいた集落は聖堂を残して瘴気に呑まれてしまいましたが……」

解呪に優れた力を持つバイコーンですら持て余す瘴気だ。

たとえ限定的だとしても、祓えるだけ大したものだと思う。

「それなら、デルフィナスたちを治療する……あるいは痛みを減らすための結界も作れないか？」

「そうですね……呪いのスペシャリストであるエーデルさんの力を借りればもしかしたら……」

俺たちの視線を受け、エーデルが力強く頷いた。

「カトリーヌ殿のお力添えがあるなら、きっとなんとかなるでしょう。私も、結界の作成に協力いたします」

かくして、カトリーヌさんとエーデルは、デルフィナスを蝕む呪いの治療に取り組むことになった。


俺たちは都市へ帰り、今後の方針を確認することにした。

診療所に戻ったカトリーヌさんは、アーガスと共に、猩々の力を効率よく解呪に回す研究を行うそうだ。

「レヴィンさん。もともと、わたくしたち猩々は大地と女神への祈りを大事にして生きてきました。そのおかげで、女神の力を借りた高度な治療術などが扱えるのです」

診療所を訪ねた俺に、カトリーヌさんが猩々の力を説明する。

女神への信仰心に篤い猩々の持つ魔力は相当なものだそうだ。

「その力を最も上手く扱えるのがわたくしの夫です。夫はわたくしたち猩々のことを本当に大切に想ってくれています。その絆が彼に力を与えてくれるのです。ですので、今回は彼の力を借りようと思います」

　アーガスはすでに俺の想像を超える領域に足を踏み入れているらしい。

　契約した相棒の力を借りるのがテイマーの能力だが、幻獣の力を自分の力同然に振るうというのは、これまで聞いたことがない。

「全ては猩々たちへの愛と、偉大なる女神への信仰心が為せる力です。ご覧ください、この聖なる光を！」

　アーガスが杖を掲げると、眩い光が周囲に広がった。

「うおっ、眩しい⁉　本当にでたらめな力だな……」

「全ては信仰と愛の力ゆえです。ですが、あなたであれば、いずれ《聖獣使い（ホーリーテイマー）》の真の力を覚醒（かくせい）させ、私のように……いえ、それ以上に強力な力を振るうことができるはずです」

　猩々に関してなら、すっかりアーガスは俺以上のテイマーになっている。

　テイムした従魔の力を、自分の力とする……そんなことができるようになるのだろうか。

　それから俺は診療所を後にし、アントニオを訪ねた。

　建築家の彼には、新たな設計を発注したのだが、どうやら頭を悩ませているようだ。

「今回のオーダーは実に難しい。以前、レヴィン殿に見せた城は、大きく、壮麗であるようにデザインしたが、今回のように我々の力を効率よく発揮するためには、ただ大きければいいというわけではないのだ」

　アントニオに頼んだのは、地上から運んできた猩々たちの聖堂の改築だ。

猩々は神聖な場所だと能力が高まる。デルフィナスを治療するため、彼らの聖堂を改築することになったのだ。

先ほど切り出した石材は、全てこの聖堂に使われる。

「いずれにせよ完璧なものをご覧に入れよう。そうでなければ、都市の復興どころではないからな」

みんなの家を作るという話だったけれど、今はデルフィナスたちの治療に専念することになり、アントニオも協力してくれている。

「はぁ……早く、我が愛し子が壮麗に並び建つ姿を見たいものだ。よもや、このような形で延期になってしまうとは……今回の件は急を要するとはいえ残念だ……」

デザインした建築案が実現できないことに、いくらかフラストレーションを溜めているようだ。

「怪我した聖獣の解呪を優先してくれ」と快く延期を受け入れてくれたルミール村のみんなのためにも、早く治療を終えたいところだ。

当のデルフィナスたちは、なんとか水槽を用意し、エルフィやヴァンの力を借りて順次こちらに移送している。

「わぁあああああ！　神竜族!?　こ、来ないでぇえええええ!!」

いち早く意識を取り戻したマルスは、神竜に襲われたからか、エルフィを見てかなり動揺していた。

「えええええええ!?　ここって、神竜族の背中なの!?」

おまけに、自分たちが同じく神竜であるリントヴルムの背にいると知ると放心していた。

しかし、すぐに誤解は解けたようだ。

「ごめんなさい、エルフィさん。エルフィさんたちは悪い神竜じゃないんだね」

「私はママの子。ママに恥じるような生き方は絶対にしない。だから、安心してほしい」

そんなわけで、マルスたちは今、都市に築かれた大きなプールの中で眠っている。

その気になれば空を飛べるそうだが、呪いに汚染された状態では水の中にいる方が体力を使わないとのことだった。

◆　◆　◆

数日が経ったある日の昼。

「美味しいいいいいい!!　凄いや!!　人はこんなに素敵な料理ができるんだね。こんなに美味しいお魚、初めて食べたよ!!」

俺とアリアは、デルフィナスたちに昼食を振る舞っていた。

人間の食事に興味があるとのことで、生魚ではなく魚のソテーを持っていったところ、かなり満足してもらえた。

「でも、ごめんなさい、何から何まで面倒を見てもらって」

「気にするな。俺たちは望んで君たちの治療をやってるんだ。嫌々やってるわけじゃない」

外から来た聖獣だからといって、見捨てられるはずがない。

俺はなんとしても彼らを助けたかったし、村のみんなも当然だという顔で、率先して手伝ってくれた。

「君たちに会えて本当によかったよ!! 僕たちは、人に追われることが多かったから」

「そうなのか？」

マルスは昔のことを思い出しているのか、悲しげな表情を浮かべる。

「うん。デルフィナスは珍しいからね。いつも変な作り話で命を狙われてきたんだ。肝を食べると永遠の命が得られるとか、この天使の輪っかにはあらゆる魔法の知識が詰まってるとか……だから、人間には僕たちの情報が正確に残らなかったんじゃないかな」

「それは……ごめんな」

「？ どうしてレヴィンが謝るの？ 君は僕たちに優しくしてくれたじゃないか」

「時代は違えど、君たちに迷惑をかけたのは俺と同じ人間だろ？ 申し訳なくて」

世の中にはどうしても悪い人間はいる。

ドルカスは聖獣を自分の意のままにできる道具としか思ってなかったし、ドレイクは彼らを実験に使って、散々苦しめた。

同じように、自分の欲望のために聖獣を狙う人間は大勢いる。

幻獣や聖獣と知り合う度に、そのことを思い知らされてしまう。

「確かに僕たちはいっぱい酷い目に遭ったけど、悪い人ばかりじゃないってちゃんと知ってるよ。

人間の友達だっているんだ。フィリップ・ノア・エルウィンって子なんだけど、知ってるかい？」

「その名前は……」

フィリップはこの国を大きく発展させ、賢王と呼ばれた人物だ。

といっても数世代前の王様だ。確か、約三百年前の人物だったはず。

「今、彼が何をしているか分かる？　リリアとはまだ仲良くやってるかな？」

「それは……」

なんとも言いづらい。マルスの友人はすでに死んでいるだなんて……

俺は躊躇(ためら)いながら事情を明かす。

「そっか……フィリップたちはもうこの世にいないんだね。人間と生きる時間が違うのを忘れていたよ」

マルスは寂しそうな表情を浮かべる。

かなり親しい友人だったのだろうか？

「知ってるかい？　フィリップとリリアは随分とお人好しでね。今の君たちと同じように怪我をした僕を見つけて助けてくれたんだ。それが二人の出会いのきっかけ。それから彼らは、僕の怪我が治るまで、毎日のように会いに来てくれたんだ。でも、二人は段々といい雰囲気になってたから、いつの間にか僕が会う口実になってたのかもね」

そう言って、マルスがいたずらっぽく笑う。

二人の馴(な)れ初(そ)めにそんな裏話があったとは。

「あれ？　少し頭がボーッとするなあ……」

「まだ本調子じゃないんだ。もう少し休養したらどうだ？」

「そうさせてもらうよ。でも、君たちもゆっくり休んでね。特にそちらのお嬢さんはなんだか落ち込んでるみたいだし」

俺はアリアを振り返る。

確かに、いつもよりほんの数ミリ眉が下がって、心ここにあらずといった雰囲気だ。

マルスたちと別れ、自宅に戻る途中、俺は思い切って尋ねることにした。

「アリア、最近ずっと悩んでいるだろ。悩みがあるなら相談してくれ」

「……エリスさんに……私、どう接すればいいか分からなくて」

やっぱり、そのことか。

「……私、前にエリスさんと戦ったでしょう？　毒を使ったり、物量で押したり、酷いことしてばかりで……」

過去の行いを思い出し、アリアがいっそう落ち込む。

彼女の《神聖騎士（セイクリッドナイト）》の力は強力な反面、主に逆らうとその者の一番大切なものが奪われるという代償がある。

その特性のせいで、無理矢理ドルカスに従わされたのだが、アリアはそんなことで自分を納得させることはできないだろう。

ここで無理に慰めても、アリアの救いにはならない。

「確かにアリアの行いは簡単に許されることじゃないかもしれないが、落ち込んでいるばかりじゃ駄目だ」

「でも……」

「ここには《聖獣使い(ホーリーテイマー)》を詐称したアーガスや、適当なことを言ってエルウィンを混乱させたギデオンがいる。だけど、二人とも過去を反省して、猩々たちの暮らしを支えて頑張ってる」

まあ、あそこまで人が変わるとはいまだに信じられないが。

「俺だってゼクスに王位を奪わせたり、無人とはいえ金鉱山やクローニアの城を吹き飛ばしたりして人に迷惑をかけたわけだし……」

よく考えなくても、めちゃくちゃなことをやってるな……

「とにかく！　俺が言いたいのは、悩むのはいいけど、エリスに一度、自分の考えを伝えた方が建設的なんじゃないかってことだ」

「うん、そうだよね。まずは、エリスさんにちゃんと謝らないと」

アリアは両手で握り拳を作り決意を新たにする。

エリスの態度を見ている限り気にしている様子はないが、気持ちの問題なのだろう。

アリアがエリスとの和解の道を探り始めたのはいいのだが……

その日の午後の話だ。

エリスが羊皮紙(ようひし)にあれこれと数式を書き込んでは、頭を悩ませていた。

「レヴィンさん、ちょっと計算してみたんですけど、今の資材運搬のペースだと、全ての素材を用意できるまで数年かかりそうでして。アントニオさんが『絶対に作る』と譲らない、例の城のせいなんですけど」

「だろうなあ。あんな大きな城、今の人手じゃどうしようもない。ワイバーンが一度に運べる資材の量には限りがあるしな。とにかく俺たちは後回しにして、みんなの家を優先するしかないよ」

エリスはリントヴルムに来てから、自分から仕事を見つけて精力的に働いてくれている。

そんな彼女の背後には……

（じー……）

物陰に隠れ、じっとエリスを観察するアリアの姿があった。

《神聖騎士(セイクリッドナイト)》の能力を使って気配を消しているようで、エリスが気付く様子は今のところない。

俺が声をかけようとすると、アリアは両手を左右に振り、パクパクと口を動かす。

（気・に・せ・ず・話・し・て）

どうやらそんなことを言ってるようだ。

気にするなって……なかなか難しい注文だ。

「レヴィンさん、どうかしました？」

「い、いや、なんでもない」

「じゃあ、続けますね。フィオナさんの提案で、野菜の余剰在庫(よじょうざいこ)を地上で売る話なんですけど、そっちの輸送も考えるとやっぱり人手？　ワイバーンだから竜手？　が足りないんですよね」

当初はワイバーンの機動力を活かして、直接野菜を都市に運びこむつもりだったが、デルフィナスたちを癒やす聖堂作りや、村のみんなの家作りにも労働力が必要なため、それも難しくなっていた。

「地上で交易をしている人にアドバイスをもらいたいな。ちょうど旅商人の知り合いがいる。メルセデスさんと言うんだ」

エリスと出会う前、クローニアのある村を訪れた時に出会った人だ。

「あの人、今もクローニアを中心に活動していると聞いた。経験豊富だから、何かいいアイディアがあるかもしれない。それとエルウィンで売るならゼクスが力になってくれると思う」

「分かりました！　そうなると一度、地上に降りて相談した方がよさそうですね」

資料を読んでいたエリスが顔を上げ、笑顔を見せる。

「ゼクス陛下には私から手紙を出しておきますね」

「ありがとう！　助かるよ」

これからの方針が決まったところで、エリスが雑談を始める。

「そういえば以前いただいた雑炊はとても美味しかったです。今思い出しても、よだれが出そうになります」

味を思い出したのか、エリスがだらしない表情を浮かべかけて、慌てて顔を引きしめた。

「ええと……その時の材料も、メルセデスさんという方に売ってもらったんですよね？」

「ああ。珍しい食材や調味料を扱ってたから、ついね」

「和食って言うんでしたっけ？　初めて食べましたけど、とても奥深い料理ですね。出汁が香る繊細な味で……あれ以来、すっかりハマっちゃいました」

セキレイ皇国の国民食である和食は、エルウィンでもクローニアでもほとんど目にしない料理だ。それをエリスは随分と気に入ってくれたみたいだ。

またメルセデスさんに会ったら、いろいろと仕入れておこう。

（ふむふむ……）

俺たちが和気藹々と話している一方、アリアはぶつぶつと呟きながらなぜかメモ帳を手にして、必死に何か書きつけていた。

本当に何をしているんだ……

「あ、レヴィンさんに相談したかったんですが、西の湖沼地帯で見掛けた花……なんとか栽培できませんか？　このあたりは殺風景ですし、都市を華やかにできると思うんです。何よりとても綺麗でしたから！」

「フィルミィに話を聞いたことがあるが、ちゃんと手入れをすれば、こっちでも育つって」

「へぇ～！　私、お花が好きなので、ぜひここでも育てたいです！」

またもや一心不乱にアリアがメモを取る。

もしかして、謝罪のきっかけを作るため、エリスの好みを調査しているのだろうか？

普段アリアは《神聖騎士》の力を活かして、都市の近くに出没する魔獣を退治しているが、この日以降、仕事の合間を縫ってエリスの側に出没する姿を見かけるようになったのだった。

◆　◆　◆

せっせと資材を都市に運び込んでは【回収】を実行し、素材に変換していく。

【回収】機能のおかげで、都市における建築は資材加工の手間が大幅に短縮された。

二週間ほどで、デルフィナスを癒やすための聖堂が完成した。

聖堂には、マルスたちの解呪に向けた最後の準備のために、猩々の面々が集まり始めている。

設計を担当したアントニオが、自慢げにこの施設について説明する。

「都市にそびえる神樹は様々な祝福をもたらす。ゆえに、神樹の近くに聖堂を作ることとした。都市機能の制御ツールである八面体の魔導具が置かれていた祭壇を、覆うような構造を考えた」

さすが、アントニオ。

元の地形を活かしつつ、とても見栄えのよい素晴らしい建築だ。

祭壇を覆うように建つ荘厳（そうごん）な聖堂——ガラス張りの天井からは神樹を見上げることができるようになっている。

祭壇の周辺には立派な噴水があり、マルスたちはそこで解呪の時を待っていた。

「猩々ってのは、確か神聖な場所だと力が高まるんだよな」

俺が呟くと、隣に立って作業を見守っていたカトリーヌさんが頷いた。

「はい。信仰を持って建てられた聖堂には女神の加護が満ちていて、わたくしたちの力を増幅させてくれますから」

「今回は地上から運びこんだ君たちの聖堂を改築したわけだろ。アントニオに少し聞いたんだが、この大きさにも意味があるのか？」

「ええ、実はそうなんです。建物が大きすぎると女神の加護が分散してしまうので、アントニオがレヴィンさんのために作ろうとしているゴリラダ・ファミリア？　のような聖堂だと、あまり効果はないのです」

　まあ、あれはアントニオの芸術性の発露(はつろ)なので、聖堂としての機能は考慮していないのだろう。

「しかし、アーガスも同じように力が強まるってのは、どういう理屈なんだ……」

「ふふ。アーガスは女神への信仰心に溢れていますから。何より《猩獣使い(せいじゅうつか)》ですしね。《魔獣使い(テイマー)》系の天職持ちは、仲間との繋がりが深まると強い力を発揮できるものです」

　それに関しては疑う余地はない。

　何せ、アーガスが祈るだけで神々しい光が発せられるのだから。

　もはや《魔獣使い(テイマー)》なのか、信仰を力に変える《神官(プリースト)》なのかよく分からない。

「儀式は任せるとして……アリアをここに呼んだのはなぜなんだ？」

　アリアは現在、アーガスと何やら話し込んでいる。

　かつての二人の関係からは、とても想像できない光景だ。

「アリアさんは《神聖騎士(セイクリッドナイト)》の力で味方を強化することができるとか。彼女の力は、この聖堂に流れる女神の力と同じ……いいえ、それ以上に強力な加護なのです」

「女神の加護を与えることができるってのが、アリアの力の正体なのか？」

確かに、あいつは小さい頃から熱心に教会で祈りを捧げていたし、俺もサボらないようにうるさく言われたっけ。

その強い信仰心が、アリアを《神聖騎士(セイクリッドナイト)》にしたのかもしれない。

「ふふ。さすがにそれだけではないと思いますけど」

なんだか意味深長(いみしんちょう)にカトリーヌさんが笑っている。

「さて、そろそろ解呪を始めましょう。レヴィンさん、エーデルさんを呼んでいただけますか？」

エーデルを含めた段取りの確認が終わると、俺とエルフィ、エリスをはじめとする参列者が祭壇手前の椅子に腰掛けた。

いよいよ解呪の儀式が始まった。

式を主導するのはアーガスだ。杖を床に突き、祈りの言葉を述べる。

「天に坐(いま)す女神よ。我ら、忠実なる主のしもべなり。どうかその加護を我らに与えたまえ」

するとアーガスの杖と、祈るように手を組んでいた猩々たちの身体から眩い光が放たれた。

次にエーデルが地面に魔法陣を生成する。

今回の儀式は猩々たちの祈りを、エーデルの解呪術式発動のエネルギーにするというものだ。

しかしそれだけでは、デルフィナス全員の呪いを解くには足りないらしい。

そこで鍵となるのが、周囲の者を強化する力を持つアリアなのだそうだ。

「アリアさん、緊張してますね。大丈夫でしょうか？」

エリスが心配そうに見守る。

アリアは自らの過去の行いを気にしていたが、やっぱりエリスは気に留めていないようだ。

それどころか、今も身を案じている。

「アリアなら大丈夫だろう」

祭壇の前でアリアが祈りを捧げると、鎧と大盾が生成され、彼女の服装が変化していく。

《神聖騎士(セイクリッドナイト)》の盾が青白い光を放つ。すると、傍から見ている俺たちにも分かるほど、アーガスと猩々の輝きが急激に増した。

「あ、マルスさんたちの身体が……」

エリスが指差すと、デルフィナスの身体から痣と傷が消え、純白の体表が露わになるのが見えた。

どうやら解呪が成功したみたいだ。

「凄い、凄いよ！　身体がとっても軽い!!」

マルスが嬉しそうに噴水から飛び出し、空中を縦横無尽に飛び回る。

翼から星の光のような粒子がこぼれ、彼が通った後に美しい軌跡を描く。

他のデルフィナスたちも、完治した身体を満喫するように聖堂を飛び出した。

「レヴィン、それにみんなもありがとう！　あの恐ろしい子に襲われた時はどうなるかと思ったけど、またこうして自由に空を飛べるようになった。みんなのおかげだよ」

マルスがぺこりと頭を下げると、他のデルフィナスたちもそれに続く。

「俺は大したことはしてないよ。カトリーヌさんたち猩々やアーガスやエーデルやアリアのおかげだ」

「もちろんみんなにも感謝してる！　だからぜひ、この竜大陸で恩を返させてほしいんだ」

「別に気にしなくていいんだが……」

見返りを求めてデルフィナスを助けたわけじゃない。

しかし、マルスたちはそれでは気が収まらないようだ。

「君たちみたいな親切な人に会ったのは、久しぶりなんだ。だから力になりたいというか……僕たちは魔力が満ちたこの地なら、魔法で大きな物を運べるし、魚を捕まえるのも得意だ。水場が近くにあれば、とっておきの加護の力を使えるんだよ。だから、ここに置いてくれないかな？」

そこまで言われたら、特に断る理由はない。

リントヴルムに住人が増えるのは願ったり叶ったりだし。

「分かった。それじゃ、みんなよろしく頼むよ」

「うん!!」

マルスがヒレを差し出した。

それと握手を交わすと、青白い光が俺たちを繋いだ。

【契約(テイム)】が成立したようだ。

第三章

リントヴルムの背に新たな住人、デルフィナスが加わり、一ヶ月ほどが経過した。

その間も、都市の復興はゆっくりと、だが確実に進んでいた。

「ぴゅいぴゅい!! レヴィン、今日も石をたくさん運んできたよ！」

マルスが大勢のデルフィナスを引き連れ、挨拶に来た。

彼らの側には、丸くて大きな泡に包まれた大量の石が漂っている。

「おお、マルスか。今日もありがとうな」

魔力に満ち溢れたリントヴルム限定の手段だが、彼らはこうして魔力を使った泡で包んで浮かせることで、重いものを大量に運搬できるそうだ。

ワイバーンたちと一緒に頑張ってくれたおかげで、この一ヶ月で村の人の家が次々と完成した。

「見事な左右対称(シンメトリー)ッ……!! 【仮想工房】があれば、寸分の狂いもなく、美しい配置が実現できる。これで都市の居住者の住まいに困ることはないだろう!!」

復興していく都市を見て、アントニオが興奮して叫んでいる。

神樹を中心にして空中回廊が延び、その脇に整然と家々が並んでいて壮観な景色だ。

最終的にアントニオは神樹の背後に、例の予算と工数を完全に無視した城まで作るつもりのようだ。

「自然に呑まれる滅びた都市というのもまた美しかったが、やはり、人の営みを感じる整然とした都市造りこそ至高！　そうは思わんか？」

「芸術については分からないが、アントニオのデザインした建物はどれもおしゃれだと思うぞ」

「そうだろう、そうだろうとも」

アントニオが満足気に頷く。

住んでいた森は瘴気に呑み込まれて、満足に建築家としての仕事を果たせなかったそうだし、もしかしたら俺が想像する以上に気分がいいのかもしれない。

「ところで内装の方だが、都市の機能で何か作れるようになっていないのか？」

以前、都市が成長したのに合わせて【冷蔵庫】という魔導具が解放された。

今回、デルフィナスたちが加わったことで、いろいろと作れるものが増えた。

どれも神竜の文明の高さを示す一品だ。そのうちの一つは、まだみんなに内緒にしているのだが、他のものなら教えていいだろう。

アントニオにいろいろと説明しているうちに、俺は気になっていたことを思い出した。

「そういえば、よく分からないものがあったな」

「よく分からないもの？」

俺は【製造】モードを使って一本の小瓶を生み出す。

「【神竜印の活性剤】と書かれているんだが、試せていなくてな。何を活性化させるのか分からないんだ」

「ふむ……」

アントニオに小瓶を渡す。すると彼は、足元にあるしおれた花に、活性剤を一振りした。

みるみるうちに花が生気を取り戻す。

アントニオは自分の手の甲にも活性剤を垂らし、口に含んだ。

「……どうやら生物に生命力を取り戻させる薬のようだな。多用には副作用がありそうだが、少しずつ使う分には問題なさそうだ。ムッ、そうだ。ちょうど今、オーダーを受けていた施設にこの活性剤を使いたいのだが、いいだろうか？」

「ん？　ああ、市場のことか？」

都市の復興を進めると同時に、俺はアントニオに新たな設計を依頼していた。

それが、この都市の一角に市場を作るというものだ。

「レヴィン殿の注文通り、ここから少し離れた都市の入口のあたりに建てたぞ。あえて古代の遺跡をイメージした古風な佇まいを意識した。地上の市場と比較しても立派なものに仕上がっただろう。だが、いまひとつ華がなくてな……建物の周囲の花が枯れかけていたのだ。活性剤を使って、花で満たすぞ!!」

アントニオが走り出し、市場の方へ行ってしまった。

慌ててそれを追いかけると、アントニオは建物の周りの枯れた花に、活性剤を片っ端からふりかけていた。

「うむ。これでいいだろう。よし、この市場をレヴィン市場(メルカトス)と呼ぼう」

「なんで俺の名前を付けるんだよ……」

「こういう時は皇帝の名を付けるものだ」

「皇帝じゃないし。名付けたいなら、アントニオ市場(メルカトス)でいいだろ」

「それは少し恥ずかしい……」

「おい」

この一ヶ月の間、都市の修復と建築に並行して、俺たちは区画整理を行った。

都市の入り口から神樹の前に作られた聖堂に向かって、まっすぐ延びたメインストリート。

その始点のあたりに建てられた無人の市場を見て、アントニオが疑問を口にする。

「ところで、この都市に住む者はそう多くない。市場は果たして必要なのか？」

アントニオの言う通り、俺たちは今のところ物資に困っていない。

食料は十分な量を生産できているし、素材さえあれば家や家具だって容易に作れる。

わざわざ市場を持たなくても、上手くリソースは分配できていた。

「別に俺たちだけが利用するために、市場を作ってもらったわけじゃないよ」

「どういうことだ？」

しばらくして、入口の部分に人が集まってきた。

俺の両親とエリス、そしてアーガスだ。

「レヴィン、こんなところに呼んでどうしたんだ？」

父さんの質問には答えず、俺は尋ね返した。

「父さん、農地の拡大は順調？」

「ああ。すでに土地の目星をつけて、準備も進めている。件(くだん)の水道橋が修理されたら、本格的に動き出せそうだ」

「ちなみに姉さんの方は……」

「うむ。ここ数日フィオナは慌ただしくしているからな……きっとゼクス様と交渉して、交易の準備に取り掛かっているのだろう」

農業の拡大とそれに合わせた交易の開始が、今の俺たちの目的だ。

水路の修理の他にも、そこには問題が立ちふさがっている。

「ワイバーンの力を借りても、あまり多くの野菜を一度に運べそうにないって話をしただろ？」

「そうなのよね。ワイバーンさんたちはみんなお仕事に一生懸命だけど、ここから地上との往復となると、かなりの負担だって聞いたわ」

デルフィナスの運搬方法は、魔力が豊潤ではない地上では難しい。

「実は輸送の課題が解決できそうなんだ」

地上とリントヴルムの往復の問題を解決する、とっておきの方法だ。

俺は現在の都市の状況を空中に表示させる。


【リントヴルム市運営状況】

管理人：レヴィン・エクエス
人口：521
都市ランク：D
新規解放【建造物】：トランスポートゲート

真っ先に気付いたのはエリスだった。

「あ、【製造】できる物が増えてますよ！」

「そうそう、ちょうどマルスたちデルフィナスが仲間になったあたりで増えたんだ。ところで、そこにアントニオがデザインしてくれた巨大な門がある」

俺は市場の側にある広場を指差した。

「凱旋門(がいせんもん)、というやつだ！　エルウィンとクローニアの戦いを治め、ドレイクなる人物の魔の手から大陸を救ったことを祝して作った!!　パレードをしたくなったらいつでも使ってくれ」

アントニオが解説してくれたが、今のところその予定はない。

「用途はともかく、この立派な門を指定して、トランスポートゲートを【製造】すると……」

アントニオの建てた立派な門がぼうっと青白く光り、輝いた。

やがて、内側に不思議な膜(まく)が生成された。まるで星の煌(きら)めきのような、神秘的な粒子の渦(うず)だ。

それを見てエリスが目を輝かせる。

「わぁ……とても綺麗です」

「まずは俺が入ってみるから、みんなはその後に付いてきてほしい」

「待ってください。エルフィちゃんとアリアさん、それにフィオナさんがいないようですけど」

「大丈夫、三人なら向こうにいるよ」

早速、俺は門をくぐった。

門の中には、煌々と光る美しい魔力が漂う空間が広がっている。

「凄い……!!　まるで星の河みたいです!!」

後から追ってきたエリスが、ますます声をときめかせる。

星の河……ロマンチックだが、的（まと）を射（い）た表現だ。

確かにここは、見たことがないほど綺麗で心安らぐ光景だ。

幻想的な星のトンネルを進んでいくと、やがて出口が見えてきた。

みんなより一足早く出口をくぐると――

「まさか、本当に転移してくるとはな……一体どんな魔法を使ったんだ？」

驚いたような表情のゼクスが俺たちを待ち構えていた。

遅れて着いたみんなが、きょろきょろと周囲を見回す。

豪奢な装飾（そうしょく）と調度品で飾（かざ）られたその部屋は、さっきまでいた竜大陸の広場とは似ても似つかない。

「レヴィン様、この場所はもしや……」

「やっぱりアーガスには分かったか。エルウィンの王都、ウィンダミアにある王城だよ」

何度か一人でテストしていたが、複数人でもしっかり転移できてよかった。

トランスポートゲート……それは、竜大陸と別の地点を結ぶ転移門だ。

門はこうして竜大陸の外にも建てられる。

今回はゼクスに王城の一室を借りて、転移先に設定した。

王城で俺たちの到着を待っていた姉さんが拍手する。

「無事に成功したんですね、レヴィン」

姉さんとアリア、エルフィには、先に地上に降りてもらっていた。

「君から話を聞いた時は信じられなかったが、本当にこんなことができるとはな」

「俺も初めて使った時は驚いたよ。ともかく、これで例の構想も実現できそうだ」

エリスが疑問を口にする。

「えっと、レヴィンさん。構想ってなんですか？」

「あら、まだ話してなかったんですか？」

意外そうな姉さんの言葉に、俺は目を逸らした。

「その……ちゃんとゲートが運用できるのを確認してから相談しようと思ってて……」

デルフィナスが竜大陸の住人に加わった時に、このトランスポートゲートが作れるようになっていることに気付いたのだが、伝えるタイミングを計りかねていたのだ。

「折角だから、この場でみんなに話すよ」

ここ一ヶ月の間、暇を持て余していたわけじゃない。

みんなが都市の復興を進めてくれている間、俺はある計画を実行するために空と地上を行き来していた。

「一言で言うと、竜大陸に全世界が参加できる市場を作りたいんだ」

「全世界……ですか？」

「ああ。リントヴルムを国として認めてくれているのは、今のところエルウィン王国だけだ。できれば、正式に国として認めてくれる国を増やしたい。そのためには、俺たちと国交を結ぶメリットを示す必要があると思うんだ」

新たに追加された転移門の機能を活用すれば、いろんな国から瞬時にアクセスできる便利な市場を運営できる。

そう考えた俺は、両国の間で門を繋げられないかと、ゼクスに相談した。

「レヴィンの提案は、前の戦争と父上の失政で疲弊(ひへい)した我が国にとっても、魅力的なものだった。まずは王都のウィンダミアに転移門を置いて、商人や民に市場の存在を周知させようと考えている」

「凄い話ですね、レヴィンさん。そんなことを考えていたなんて……」

エリスが驚いたような表情を浮かべる。

「最初に考えていた野菜を地上の市場に卸す方法だと、いろいろと問題があってな……」

俺の言葉に続き、姉さんが説明する。

「竜大陸で作る野菜は、地上のものに比べて品質がすっごく高いんですよね。おまけに生産に要する時間も少ないので、輸出入の制度をしっかり決めることになったんです」

「貴公たちが作った野菜を地上でも食べられるようになるのは魅力的だが、そのやり方だとエルウィンの農業にも影響を与えかねない」

ゼクスが眉間に皺を寄せる。

転移門で竜大陸と地上を繋ぎ、市場で俺たちの野菜や各国の特産品を売る……急な思いつきだったが、なかなかいいアイディアだと思っている。野菜の供給量も管理して、当面は様子を見ていきたい。

こうして構想について話をまとめると、家族と仲間たちから拍手が上がり、俺はほっと胸を撫で下ろす。

「ゆくゆくは我が国の転移門の数を増やし、商人や市民が気軽に市場にアクセスできるようにしたい。竜大陸への入国ルールなど、決めることはまだまだ多そうだがな」

「ゼクスの言う通り、まずはエルウィンから、やがては他国にもその良さを広めて参加を促す……そんな風になればいいんだけど、実際どうなるかは分からないな」

竜大陸の市場を活用すれば、異文化交流になる。

だが、それが受け入れられるかは未知数だ。

みんなで話し合っていると、ゼクスが口を開く。

「その件についてだが、君たちに紹介したい人がいるんだ。少し待っててくれ」

そう言って部屋を後にしたゼクスは、しばらくして一人の少女を伴って戻ってきた。

手を引かれているのは、純白のドレスをまとった気品のある少女だ。

「ゔぇあああああっ……!?」

エリスが変な悲鳴を上げた。

そして、そそくさと物陰に隠れてしまう。

もしかして、この女の子はクローニアにいた頃の知り合いだろうか？

《暗黒騎士(ダークナイト)》の力を用いて気配を消したのか、俺の他に気付いた人はいないみたいだ。

「皆さん、ごきげんよう」

優雅な所作で少女がドレスのスカートをつまむ。

「わたくしの名前はエリ――ぶへっ!?」

名乗ろうとした瞬間、少女はバランスを崩して床に倒れこんだ。

ゼクスが額に手を当ててため息を吐く。

そして彼女の手を取り、ゆっくりと立ち上がらせた。

「だから忠告したんです。レヴィンたちの前で、無理に眼鏡を外したり格式張った装いをしたりする必要はないと」

「うっ……で、ですが、初対面なのです。こちらも礼儀を示さなければと……」

「ならばせめて眼鏡をかけてください。さっき転んでしまったのだって、足元がほとんど見えていらっしゃらなかったからでしょう？」

ゼクスが丸い眼鏡を渡すと、落ち込んだ様子で少女がそれを付けた。

きょろきょろと俺たちを見渡した彼女が、父さんの前に歩いていく。

「あなたがレヴィン様かしら？　あの大きな神竜の主だとか」

「えっ？　いえ、私は違いますが……」

勘違いしている少女を前に、父さんは困惑した様子だ。

ゼクスが咳払いをした。

「エリーゼ殿下、そちらはレヴィンの父君です」

「えっ!?　そ、そうなのですね。では、あなたでしょうか？　とても可愛らしい、お嬢様……？」

「えっと……レヴィンはこっちです」

アリアが俺の腕をそっと引っ張ると、少女の前に差し出した。

ふざけているわけではなさそうだが、どうやら随分とそそっかしい人のようだ。

「ご、ごめんなさい。わたくしったら慌ててしまって」

「い、いいえ。お気になさらず。あなたはもしかして……」

「わたくしの名前はエリーゼ・ライル・クローニアと申します」

エルウィンの隣国、クローニアの第一王女であるエリーゼ殿下だ。

そういえば、クローニアの使節団がエルウィン王国に滞在中だとエリスが言っていたな。

「お初にお目にかかります。レヴィン・エクエスと申します」

俺は胸に手を当ててお辞儀をする。

それにしても、ゼクスはなぜ王女様を連れてきたんだろう。

疑問に思っていると、彼女が話し始めた。

「皆様もご存知でしょうが、現在我が国とエルウィンは和平交渉を進めております」

それについては以前ゼクスから話を聞いたな。

ドルカスの身勝手で始めた戦争によって、両国はすっかり疲弊してしまった。

特にドレイクの暴走による被害は甚大で、王座に就いたものの、ドルカスの度重なる悪政と騎士団の壊滅で消耗したエルウィン王国を引き継いだゼクスの心労は相当なものだったと聞く。

――うおおおおおおおお!! 一体どうしろと言うんだぁああああああ!!!!

あの頃のゼクスは、よく叫び声を上げながら大騒ぎしていたそうだ。

彼にはストレスが溜まると大声で叫び出す癖がある。俺たちも初めて見た時は驚いたものだ。

完璧な王として振る舞うため、本人は隠しているようだが、その癖も徐々に周囲の者に知られつつある……と、彼を信奉する騎士のディランから教えてもらった。

ゼクスは時折フィルミィミィのメンタルケアを受けながらも臣下をまとめあげ、今回のタイミングで和平を持ちかけた。

「正直に言うと、交渉は上手くいっていない。恥ずべき話だが、我が国の中には、レヴィンとアリア殿の力を借りて、このまま侵略戦争を続けるべきだという貴族も一定数いるのだ」

「クローニアも同様です。今も戦争を望む勢力がおりまして、エルウィンに対して法外かつ不当な額の賠償金を要求し、交渉を難航させているのです」

どうやら二人とも苦労しているようだ。

「待って。どうしてママとアリアが手伝わなきゃいけないの？　ママはアリアを助けるためにゼクスを手伝っただけ。これ以上、付き合う理由はない。ママもアリアもリントヴルムも、争いの道具にはさせない!!」

俺とアリアをかばうようにエルフィが前に出た。

彼女の言う通り、俺たちはみんなでリントヴルムの背中で静かに暮らしたいだけなのだ。

エルフィの訴えを聞いて、ゼクスが眉を寄せる。

「無論、私個人は反対している。だが、一部の貴族が『レヴィン殿とアリア殿は今でも忠実なエルウィンの騎士だ』と言って聞かないのだ。S級天職の力があれば、負けるはずがないと」

ゼクスはリントヴルムを国として認めてくれたけど、まだ口約束の段階だ。

正式な国交を結ぶのであれば、有力貴族たちを納得させ、然るべき過程を経なければならない。

「俺はエルウィン側に立って戦う気はない。もし再び戦争が始まるようなら、リントヴルムの背に引きこもるだけだ」

「そうさせないために、私も作戦を考えたんだ」

ゼクスの言葉に、エリーゼ殿下が口を開く。

「竜大陸にできる市場のお話……我が国も一枚噛ませてほしいのです」

「クローニアも……ですか?」

ちょうどエルウィン以外を誘致するにはどうしたらいいかと悩んでいたところだけど、一体どういうつもりだろう。

「フッ、そう警戒するな。単純な話、両国の交渉を成功させるには、和平にメリットがあることを示せばいいということだ」

「新たな商機を見せつつ、国際交流の重要さを伝えるつもりか？」

「そういうことだ。頭が固く、目先の利益しか考えられない貴族たちを説得するなら、現実的な成果を見せてやるのが一番だからな」

そう言うゼクスはなんだか悪そうな表情を浮かべている。

よく見れば目の下にクマができて、かなり目付きが悪い。ここしばらく、彼らへのストレスを溜め込んでいたんだろう。

「実は来月、エリーゼ殿下の誕生日があるんだ。使節団への歓待の一環として、我が国でもパーティーを行う予定でな。その日に私とエリーゼ殿下の連名で、君が提案する市場の構想を大々的に発表する。実際に例の転移門を繋ぎ、市場を見せてほしいのだが頼めるだろうか」

長期的な計画の予定だったが、急に現実味を帯びてきたな……

いずれは全世界が参加するようにしたかったとはいえ、ここまで話が進むとは。

じっと話を聞いていたアリアが口を開く。

「それでゼクス陛下はエリーゼ様をお招きしたのですね」

「まあ、そういうことだ。エリーゼ殿下は体調が優れないカール陛下に代わり、政務に取り組んでおられる。とても聡明な方なので、此度の和平交渉を無事に成功させるために、こうして協力を申し出たのだ」

「そ、聡明だなんて……ゼクス陛下こそ、国王として立派に務めを果たしていらして、とてもご立派です」

なんだかお互いを褒め合って、いい雰囲気になっている。

「とりあえずゼクスの考えは分かった。エリーゼ殿下にもお力添えいただけるとは思いませんでしたが、こうしてクローニアの協力を得られるのは心強いです」

「ふふ。あまりかしこまらなくて大丈夫ですよ。聞けばゼクス陛下とは随分と親しくなさっているそうですし、どうかフランクに接してください」

そう言われても、急にはできない。

「えっと……はい。が、頑張ってみます」

俺の構想が形になってきた頃、部屋の扉が叩かれた。

「失礼いたします。エリーゼ殿下、話はまとまりましたでしょうか？」

入室を促すと、大剣を携えた男性がやってきた。

「うぇあああああああっ⁉」

なんだ、今の珍妙な悲鳴は。

「紹介いたします。わたくしの護衛をしているユーリです」

赤い髪の眼鏡をかけた騎士だ。

どこを見ても隙のない凛とした立ち居振る舞いで、それだけでとてつもない実力者であることが分かる。身に纏う黒色の騎士装束は、クローニアにおいて王族を守護する近衛騎士の証だ。

俺たちの前に立ったユーリ殿が丁寧に腰を折る。

「ユーリ・ルベリアと申します。近衛騎士団の団長を務めています」

「ルベリアだって……？」

その姓を聞いて俺は驚く。それはエリスの実家の名前だ。

ユーリ殿が顔を上げた。

「エリスよ、いつまで隠れているつもりだ？　気配を消しているようだが、この私はごまかせんぞ」

彼女はS級天職だというのに、こうもたやすく見破るなんて……相当な手練れだ。

「あ、いや、これ……は……」

気まずそうにエリスが姿を現した。もしかして、さっきの叫び声も彼女だったのか？

「その、お、お久しぶりです、兄様。ええっと……」

「大方、クローニアから出奔したゆえに、エリーゼ殿下と顔を合わせる勇気がなかったのだろう。臆病なお前らしい」

久方ぶりの再会だというのに、ユーリ殿はエリスを見ようともしない。

エリスも気まずそうだ。

「お前については、殿下も、そしてカール陛下もすでにご承知だ」

「そ、そうだったのですか？　それなら、わざわざ隠れる必要なかったなあ……」

「もともとお前は、あの欲深いユリアンの私兵として仕えていたんだ。そのユリアンがお前を解雇した以上、手続き上の問題はない。殿下たちも咎めるつもりはないようだから、これからは好きにするがいい。ルベリア家に関しては、私がなんとかする。心配するな」

無愛想に用件を伝えると、エリーゼ殿下を連れて立ち去ろうとする。

「え？　あ、あの、ユーリ。久々の妹さんとの再会でしょう？　積もる話があるんじゃゃ……」

エリーゼ殿下が引き留めるが、ユーリ殿はにべもない。

「必要なことは伝えました。それよりも殿下、もうすぐ会食の時間でございます。和平実現のためにも、あなたはそちらに集中されるべきかと」

「それは、そうですが……」

エリーゼ殿下は心配そうに、エリスとユーリ殿の間で視線を彷徨わせる。

その場に俯いたエリスを見て、俺は口を挟んだ。

「ま、待ってください、ユーリ殿！　ご存じないかもしれませんが、エリスは以前の戦いで命を落としかけました。久々の再会なんです、何か一言くらい心配する言葉があっても……!!」

「その件については父から聞いている。貴公が治療してくれたのだろう？　どうやったかは分からぬが、私からも礼を言わせてほしい」

そっけなく答えると、ユーリ殿は殿下を連れて去っていった。

「えっと……」

残されたエリスを気まずい思いで振り返る。

「……見苦しいところをお見せしてすみません!!　無愛想なんですよね、兄様。はははは！」

その空気をどうにかしようと、エリスが明るく振る舞ってみせた。

しかし、先ほどのやり取りを見ると、落ち込んでいるのは間違いないと思う。

「エリス、よしよし」

背伸びをしたエルフィが、エリスの頭を撫でた。

「あ……エルフィちゃん？」

「家族でも喧嘩(けんか)する時はある。また今度、仲直りしよう」

そう言ってエリスを抱きしめる。

「エルフィちゃん……なんていい子なんでしょう……ぐすっ」

涙をこらえながら、エリスがエルフィの胸に顔を埋めた。

体格差を見るとなんとも奇妙な光景だが、エルフィのおかげでひとまずこの場は収まった。

◆◆◆

エリーゼ殿下と出会ってから三週間ほどが経った。

転移門を介した巨大な市場を作る……構想を現実にするため俺たちは奔走(ほんそう)していた。

ゼクスとエリーゼ殿下は信頼できる商会に市場へ参加するよう呼びかけ、その結果、いくつかの商会の出店が決まった。

転移門で竜大陸に招いて、出店の準備を手伝う俺たちに、ゼクスはどこか申し訳なさそうだ。

「すまないな、レヴィン。さすがに一ヶ月という期間は短すぎたか」

参加する商会との交渉に時間を取られたため、竜大陸側で準備できる期間はわずかであった。実際に物資を運び込んだり、屋台の準備をするには、確かにタイトなスケジュールである。

だが、俺たちには秘策があった。

「レヴィン、こっちの区画の搬入（はんにゅう）は終わったよ。明日にでも、お店を開けるかも」

「ウオオオオオオオ!!　身体ガ軽イ!!　マダマダ、タクサン運ベルゾ!!」

アリアの背後で猩々たちがドラミングしながら雄叫びを上げた。

そう。秘策というのは、アリアの能力だ。

「なるほど《神聖騎士（セイクリッドナイト）》の力で、みんなを強化したのか」

「ああ。アリアの力なら、味方の能力を底上げできるからな。都市の仲間限定だけど、おかげで力仕事がスムーズに進むよ。特に、次の日に疲れを残さないってのが便利なところだ」

「なるほど……アリア殿の騎士としての能力を、こうして戦い以外にも応用するなんてな」

ふいに思いついたこのアイディアは、我ながら感心するほどの良案だった。

何せ、アリアの力が戦いのためだけにあるのではないと証明できるからだ。

「これならエリーゼ殿下の誕生日に間に合いそうだ。やはり、君たちに頼んで本当によかった」

「こっちこそ、市場の有用性が証明されれば、リントヴルムが国として認められる可能性が高まるから助かるよ。これからもよろしく頼む」

「ああ、もちろんだ」

ゼクスがその場をあとにする。

さて、エルウィン側の商会については、八割方準備が終わった。

クローニアの商人たちの到着を待つため、俺とアリアは転移門に向かう。

しばらくすると、門を通り、続々と商人がやってきた。

「いやあ、久しぶりだね。レヴィンさん」

転移門を通ってきた人の中には、俺がよく知る人物もいる。

「エリーゼ殿下からお誘いを受けて、今回の計画に参加させてもらうことにしたよ」

「こちらこそお久しぶりです。メルセデスさんが参加すると聞いた時は驚きました！」

エリーゼ殿下が話を持ちかけたのは、なんとメルセデスさんだった。

エルウィンを追われたばかりの頃、彼女には食料を売ってもらったことがある。

あの時は本当に助かった。

「私は旅商人だから、クローニア出身の人間ってわけじゃないんだけど……シーリン村を積極的に支援した功績が認められてのことらしい」

戦争に巻き込まれたクローニアのシーリン村は、毒で農地をダメにされたり、住人をさらわれたりと、かなりの被害を受けた。

その復興を援助したのがメルセデスさんだ。

俺は彼女の経歴を説明し、初対面となるアリアのことも紹介する。

アリアはエルウィンの騎士として、非情な作戦を立案させられていた。その件について謝罪すると、メルセデスさんは鷹揚（おうよう）に手を振った。

そして感慨深そうに言う。

「それにしても、まさか、レヴィンさんがクローニア中で噂になった巨竜の主だったなんてね。あの時の妹さんも神竜だったと聞いたよ」

「隠しててすみません。その、言い出しづらいことだったので」

「はは。別に気にしてないよ。それよりも感謝しないとね。こんな機会をもらえるなんて光栄だよ」

彼女は幅広い交易網を持っており、世界各地の珍しい食品を取り扱っている。

この市場でも、バラエティ豊かな異国の食材を扱ってくれそうだ。

「以前売ってもらった醤油と味噌、それに鰹節……どれも本当に美味しかったです。ついこの間も味噌汁を作ったんですよ」

「おっ、しっかり使ってくれたんだね。セキレイ皇国の料理を再現できるなんて大したものだ。私も久々に食べてみたいねえ」

「メルセデスさんにはお世話になりましたから、いつでもごちそうします」

「おや、いいのかい？　それは楽しみだよ」

メルセデスさんが快活に笑う。

エリスもすっかりセキレイ料理を気に入ったみたいだったし、これから食材が手に入りやすくなると思うとワクワクする。

「っと、そうだ。別の件でもお礼を言っとかないとね」

「別の件？」

「ああ、すぐに呼ぶから待っておくれ……私の話は片付いたよ、こっちにおいで！」

メルセデスさんが遠くに呼びかけると、人混みを縫って浅葱色の髪の女性——カリンさんがやってきた。

「カリンさん！　その後のお加減はどうですか？」

シーリン村に住むカリンさんは、前の戦争でドレイクに攫われ、実験台になってしまっていた。

俺はフィルミィミィやエスメレと共に、彼女の洗脳を解き、傷を治療したのだ。

戦争の終結後、竜大陸で治療を受けた他の被害者たちと共に母国に帰って以来、彼女と会うのは初めてだ。

「おかげさまで良好です。レヴィンさんたちには感謝してもしきれません」

カリンさんが深々と頭を下げる。

「いや、元はと言えばエルウィンの侵略が原因なので。むしろあんな目に遭わせて申し訳ないです……」

エルウィンを追い出されてかなり経つとはいえ、祖国の所業には胸が痛む。

アリアと一緒に頭を下げると、カリンさんは微笑んだ。

「確かに、エルウィンの蛮行は許せそうにありません。でも、アリアさんは戦場で私の大切な人をかばってくれたんでしょう？　それに、レヴィンさんは神聖な竜を率いて、暗君と邪竜を打ち倒してくださったと聞いています。まさに英雄です!!　みんなが噂していましたよ」

「え、英雄⁉」

いつの間にそんな話になっているんだ？　さすがに気恥ずかしいし、恐れ多い。

「大出世だね、英雄さん！」

困惑する俺をからかい、メルセデスさんが肩を叩く。うぅ……「英雄さん」はやめてくれ。

「でも、戦争が終わって和平へ進んだのはいいことだよ。ゼクス陛下は、前の王様とは違って自国のことをしっかり考えているようだし、今回の計画が両国の架け橋になってくれたら嬉しいね。そうすれば私も、もっと商売が上手くいくしねぇ」

最後にぽろりと本音が漏れた気がするが、概ね俺も同意見だ。

「ちなみに、私はレヴィンさんこそが、和平の立役者だと思ってるよ。きっと君がいなかったら、二つの国の仲は修復不可能なものになっていたんじゃないかな」

「そうでしょうか？　あまり想像はつきませんが……」

「それだけ、神竜の力はとてつもないってことだよ。その力を使うのが、君のような謙虚な優しい人で本当によかった」

メルセデスさんに褒められ、またしても気恥ずかしさがこみ上げてくる。

俺はアリアを取り戻したかっただけで、英雄になろうとか思ってたわけじゃない。

功労者のように言われるのは、なんだか複雑だ。

なんともいたたまれなかったので、俺は話を変えた。

「ところで、カリンさん。指に付けているのって、もしかして……？」

「あ、気付いてしまいましたか？　その、ついにプロポーズを受けちゃいまして」

カリンさんが俺たちに左手を差し出し、薬指に付けた指輪を見せてくれた。

彼女には恋人がいる。クローニア最強と謳われる仮面の騎士、レグルスだ。

戦場で相対し、その後カレンさんを救出するために協力したので俺とも面識がある男だ。

《剣皇》と呼ばれるS級天職を持つ彼は、二振りの聖剣を得物とする風格ある騎士なのだが、意外な一面を隠している。

「ふふ。レヴィンさんはご存じなんですよね。あの人って、仮面がないととても気弱な性格……というか、そっちが本当の性格でしょう？　なのに、プロポーズの時は素顔のまま、情熱的に告白してくれたんです」

もじもじしながらカリンさんが続ける。よほど嬉しかったようだ。

「『敵に操られた君を手に掛けることが頭をよぎった時、胸が張り裂けそうだった。もう二度とこんな想いをしたくない。これからは僕が君を守る。だから、ずっと側にいてほしい』って言ってくれたんです」

うっとりとした表情でカリンさんが惚気る。

それを見て、アリアが顔を赤らめた。

「凄くロマンチックですね。いいなあ……」

年頃の女の子らしく、この手の話には目がないらしい。

「よくよく考えると、ドレイクって人に攫われたおかげで、レグルスが結婚を申し込んでくれたんです。それならあの人にも感謝した方がいいのかもしれませんね！」

なんというか、凄まじくたくましいことを言っている。

「それはさすがにどうかと思うよ……」

メルセデスさんも呆れ顔だ。

「ちなみに、あれからレグルスは新しい力が目覚めたんですよ。ほら、見てください」

カリンさんが胸元で揺れる剣の形のペンダントを見せびらかす。

「これってレグルスが魔力で作ったものなんです。これを持っていると、危ない時にあの人の魔力がバリアになって守ってくれるんですよ」

「へぇ。文字通り、いつでも側にいてくれるんですね」

魔力で物を作るなんて、なんだかアリアの能力に似てるなあ。

「わ、私も短剣を出せますよ。レヴィンが持ってます」

「そうなんですか？　もしかして、お二人も婚約されていたり……？」

「ほう？　それはめでたいね」

「いや、ただの幼馴染ですよ」

というか、なんで張り合っているんだか。

「ふーん。ちなみに、カリンたちも幼馴染だけどね」

「そうなんですか！」

意味深な表情を浮かべるメルセデスさんに、やけにアリアが食いついている。

なんとなく気まずくなり、俺は再び話題を変える。

「と、とりあえず、出店の準備を進めましょう」

「ふふ、そうだね。あんまりからかうもんじゃないからね」

ニヤニヤと笑うメルセデスさんが印象的だった。


それから彼女たちの搬入を手伝い、その作業もあらかた終わった頃。

「そういえば、カリンさんはどうしてこちらに？」

ふと気になり、カリンさんに尋ねてみた。

彼女はシーリン村では農業を営んでいたはずだ。

「私がここに来たのは、農業のお勉強のためですよ」

「勉強ですか？」

その時、突然後ろから両頬をつままれた。

「いはっ！　はひすふんだよ!!」

「久々に姉弟でスキンシップを、と思いまして……はじめまして、レヴィンの姉のフィオナです」

俺の背後に立った姉さんが手を放し、カリンさんに挨拶した。

「『思いまして』じゃないよ……っていうか、どうしたのさ？　市場の使用料とかルール作りの話し合いで忙しかったんじゃないの？」

「それについては、大体まとまりましたよ。なので、もう一つの用事を済ませようと」

このタイミングで声をかけてきたということは、カリンさんの勉強とやらについてなのだろうか。

「私たちが作ったお野菜をそのまま売ると、いろいろ問題が起きるというのは聞きましたよね？」

「品質が良くて、生産にコストと時間が掛からなくて、安価で大量に生産できるから、地上の農家にも何かしら影響があるかもしれないんだろ？」

「まあ、さすがレヴィン、よくお勉強してますね」

俺の頭を姉さんが撫で回す。

「こ、子ども扱いしないでくれよ」

どうも姉さんは、まだ俺が五歳ぐらいの小さな弟だと思っている節があある。

だからか、扱いが幼子に対するそれなのだ。

「ふふ、ごめんなさいね。実はお父様たちとも話し合って、当面の間は収穫した野菜を売るのは少量に抑え、並行して苗やノウハウを売り出そうと考えているのです」

俺が市場を見て回っている間に、姉さんたちで進めてくれていたらしい。

実際に苗を販売する場合は、購入者を登録したり、年間利用料を徴収したりと複数のルールを設け、それが守れない者には卸さないように対応する。

リントヴルム産の野菜のブランドを守りつつ、市場に参入していきたいとのことだ。

カリンさんがやってきたのもそうした決まりの一環で、シーリン村でリントヴルム印の野菜を育てるにあたって、諸注意や竜大陸での農作業の様子を学びに来たのだとか。

「なるほど。その方法なら農家にもメリットがあるかもしれない」

リントヴルムと地上では生育環境が違うため、すぐに同じように生産できないだろう。それでも神竜の古代技術が広まって、地上で暮らす人々も豊かになるのはいいことだと思う。

いずれは他の国も技術を求めてリントヴルムと国交を結ぼうとしてくれるかもしれない。

「この分ならエリーゼ殿下の誕生日に間に合いそうだな……って、俺たちも何か贈り物を用意した方がいいのか？」

「あ……」

アリアも失念していたようだ。

当日は、パーティーの終盤でリントヴルムを紹介し、王都の転移門のお披露目と同時に竜の背に招待する段取りだと聞く。

当然、俺もパーティーに参加するので、エリーゼ殿下とお会いする。

「確かに、贈り物を準備しておいた方がいいかもね。うちで用意してもいいけど、折角だしゼクス陛下に相談してみたらどうだい？　どんなものが喜ばれるか、分からないだろう？」

俺たちはエリーゼ殿下と知り合ったばかりだ。

趣味も好みも知らないし、メルセデスさんの言う通り、ゼクスに相談するのが一番かもしれない。

「君たちは別の贈り物も用意しないといけないだろうしね。そっちは進んでるのかい？」

「なんの話ですか？」

エリーゼ殿下の誕生日以外に何かイベントがあるのだろうか。

「おっと、もしかして知らなかったのかい？　その日はエリス様の誕生日でもあるんだけど……」

知らなかった。

エリスとの付き合いは長くなるが、彼女は自分のことを語りたがらない。

性格からして、自分から誕生日の話なんてしないだろうし、メルセデスさんに聞かなかったら知らないまま当日を迎えていただろう。

「あの、レヴィン……」

アリアが訴えるような表情で俺の服の裾をつまむ。

彼女はエリスと和解する機会を探っていた。これもいいタイミングかもしれない。

「折角だし、俺たちでエリスの誕生会を開こうか」

「うん。いろいろやりたいことを考えるから任せて」

◆　◆　◆

それから一週間弱が経ち、いよいよパーティーの当日を迎えた。

殿下の誕生会と転移門のお披露目は夜だから、昼の間にエリスの誕生日を祝おうと、ゼクスに頼んで王城の一室を借りていた。

そのはずだったのだが……

「レヴィン殿。一度、貴公とはゆっくりと話したかった」

なぜか俺はエリスの兄のユーリ殿に、別室に呼び出されていた。

「えっと、一体どんな用件でしょう」

ソファに腰掛けた俺は、緊張しながら尋ねた。

目の前にはユーリ殿が淹れた紅茶が置かれているが、口を付ける気にはなれない。

「身構えなくていい。本当にただ貴公と雑談をしたいだけなんだ。時間はとらせない」

そう言ってユーリ殿は紅茶を口にする。なんだか気まずい。

何せ、ほとんど初対面のような相手だ。

「……このあとエリスの誕生会を開くんですが、ユーリ殿も参加されますか？」

「悪いが、殿下の護衛で忙しくてな。この話が終わればすぐに行かねばならない」

「俺と話す時間はあるのに、妹の誕生会を祝う時間はないんですね」

思わずいやみを言ってしまった。

俺はユーリ殿にあまりいい印象を抱いていない。

無愛想な態度はともかく、実の父に都合よく扱われて、家族の愛情に飢えているエリスに対して、この人は冷たいのだ。

久々の再会なのに気遣いの一つもなく、誕生日を祝おうともしない。

「私が気に入らないか？　エリスを気に掛けないこの私が」

そんな俺の内心を察してか、ユーリ殿が真正面から取り繕いもせずに言った。

「正直に言って、どうかと思います。エリスは幼い頃に母を亡くして、父親の身勝手に振り回されてきたと聞きました。それなのに、実の兄であるあなたすら冷たいなんて。エリスが不憫だ」

「フッ、随分と肩入れするな。もしかして、貴公はあの子と婚約しているのか？」

　何を言い出すんだ、この人は。

「俺とエリスはそういうのじゃありません！　ただ、仲間として、彼女が苦しむ姿を見た人間として気に掛けているだけです」

「まあ、どういう経緯で貴公たちが一緒にいるのかを探るつもりはない。ただ、あのユリアンに嫁(とつ)ぐよりはずっとマシだ。せいぜい今後ともエリスを気にかけてやるといい」

「言われなくてもそのつもりです」

　なんだか緊張した会話になった。

　俺もつい、刺々(とげとげ)しい態度を取ってしまう。

「さて、そろそろ本題に入るとしよう。貴公は《聖獣使い(ホーリーテイマー)》にして、神竜たちの主だそうだな」

　エリスのことよりも、ユーリ殿にとってはそっちの話の方が重要なようだ。

　いろいろと言いたいことはあるが、とりあえず俺は話を続ける。

「そうですが、それが何か？」

「前の戦いでの活躍は聞いている。金鉱山を破壊し、その後の戦闘では無血でこちらの拠点を占領して回った。エルウィンの指揮官が邪竜に変じた時も、果敢(かかん)に戦い撃破したそうだな。大したものだ」

　ユーリ殿は前の戦いでは見かけなかったな……王族の護衛なんだから、それも当然か。

「単刀直入に聞こう。貴公は神竜の力で地上を征服するつもりなのか」

「なっ……!?」

あまりにストレートな質問に、一瞬言葉を失った。

「そんなつもりはありません！　エルフィもリントヴルムも大事な仲間です。二人の力をそんなことのために利用するなんて……!!」

「だが、貴公は二人を戦いに駆り立てた。それに、我が国はどれほどの恐怖を覚えたと思う？」

確かに、ユーリ殿の言うことは一理ある。

二人とも納得してくれたが、俺が戦いに利用したことは変わりない。

だが、それは決して他国を侵略したかったからじゃない。

「君のところの神竜たちは目覚めたばかりの個体だと聞く。確かに彼らの力は凄まじいが、その真の力はあんなものではない」

「……どうしてそんなことが言い切れるんですか？」

神竜は伝説上の存在だったはずなのに、まるでその力をよく知っているかのような口ぶりだ。

「今回の戦いでエルウィンとクローニアは神竜の力の一端に触れた。あれ程強大な力を見せつけられた者たちは、一体何を考えると思う？」

俺の質問をかわし、ユーリ殿は逆にこちらを問い詰める。

「それは……」

「今後は、神竜を手に入れるため貴公の前に立ちはだかる人間が大勢現れるだろう。ドレイクのように、神竜の力を欲する者も出てくるかもしれない」

確かに、ドレイクはエルフィの力を欲しがっていた。

だが、この人はどうしてそんなことまで知っているんだ？

「《聖獣使い（ホーリーテイマー）》でなくとも、神竜を無理矢理利用することはできる。魔獣や人間でしか実験していないドレイクが、あのような巨大な竜の姿になれたのはなぜだと思う？　貴公より早く、彼は神竜の情報を得ていたんだ。貴公も、薄々察していたのではないかね？」

ドレイクがどうして邪竜に変身できたのか気になっていた。

その見た目も力の強大さも、神竜の力が源（みなもと）だと言われれば納得する。

……では一体、ドレイクはどこでそんな力を手に入れたんだ？

「気になるか？」

「当然です。あなたの仮説通りなら、俺でさえ知らないような神竜の情報をドレイクが知っていたことになる」

あの戦いの後、人体実験の現場だったドレイクの居城については入念な調査がなされたという。

しかし、神竜に関する情報が出たという話は聞いたことがない。ゼクスも隠すような真似はしないはずだ。

いや、待てよ。ドレイクが気になることを口にしていたような……

追い詰められたあいつの自嘲的（じちょうてき）な笑みが脳裏をよぎる。

――陛下の他にも顧客はいたんだがな。お前のせいで全部パーだ。

「まさか、ドレイク以外にも神竜を研究している連中がいるのか……!!」

俺は思わず立ち上がった。

「フッ。改めて尋ねよう。貴公は神竜の力で大陸を征服するつもりか？」

「そんなつもりはない……俺はエルフィたちとリントヴルムの背で静かに暮らしたいだけです。彼女たちの仲間だって必ず探し出します」

「ならば、ドレイクについてはもう少し入念に調査するべきだな。貴公が平穏を願っても、神竜の力を狙う者は現れる。あの力は良くも悪くも人を惹きつけるからな」

ユーリ殿はそれを警告するために俺を呼んだのか？

それにしても、どうしてここまで神竜に詳しいんだろう……

「さて、そろそろ時間だ。貴公の人となりが分かってよかったよ。だが、神竜と静かに暮らしたいのなら、行動に対する責任を自覚するべきだ。取り返しがつかなくなる前にな」

「はい……」

悔しいがユーリ殿の言う通りだ。

俺はアリアを助けるためにエルフィたちの力を借りた。

そして、今はリントヴルムと神竜の文明の力を地上の国に知らしめようとしている。

ドレイクのように神竜に興味を持つ人間が現れるのは間違いないだろう。

「そうだ。もう一つ用件があった」

ユーリ殿が立ち上がり、花束を差し出した。

「俺に、ですか……？　あ、ありがとうございます……？」

「違う！　どうしてそうなる⁉　……エリス宛だ。あいつは赤い花が好きだからな。このあたりではお目にかかれない珍しい品種らしい。生育方法についてのメモも添えた。あの神竜の背でなら上手く育つだろう」

「ああ、そういうことですか」

誕生会に出ないと聞き突っかかってしまったが、妹へのプレゼントは用意していたようだ。

「差出人は伏せてくれ。貴公からの贈り物だと言うんだ」

「どうしてそんな回りくどいことをするんですか？　……直接渡せばいいのに」

わざわざ隠す理由が分からない。

再会は微妙な空気で終わったわけだし、プレゼントを贈られれば、エリスの心持ちも違ってくるだろう。

「人にはそれぞれ事情というものがあるんだ。とにかく、貴公からだと言って渡してくれ。私はそろそろ殿下のもとに戻る。さすがにこれ以上、離れているわけにはいかん」

ユーリ殿が踵を返し、扉に向かったその時――

「っ……⁉」

突然、彼は苦しそうにうずくまった。

「ゴホッ……！　カハッ……‼」

「ユーリ殿⁉」

俺は慌てて駆け寄った。

激しい咳を繰り返すユーリ殿の背中を必死にさする。

ちらりと見えた彼の手のひらには、赤いものが付着していた。

「心配することはない。持病のようなものだ」

「ですが……」

血を吐くなんて尋常なことじゃない。

王城の治癒術士を……いや、フィルミィならすぐに喚べる。

俺が彼女を召喚しようとすると、ユーリ殿がよろよろと立ち上がった。

「気遣いは不要だ、もう収まったし……これは治せないんだ。大したことじゃないから、構わないでくれ」

そう言って、ユーリ殿は部屋を出ていってしまった。

彼の言葉から感じたのは、「こちらを詮索するな」という強い拒絶だった。

俺はその場に立ち尽くす。

なんで神竜について詳しいのか、ドレイクのことに通じているのか、エリスに冷たい態度を取るのか……正直、分からないことだらけだ。

それに、何か病気を抱えているようだが……

俺は様々なことを疑問に思いながら、ユーリ殿に遅れて部屋を出た。

ユーリ殿との面会が終わり、一時間ほどが経った。

俺はエリスの誕生会の会場へ向かっていた。

王城は本殿と四つの塔で構成されているが、俺たちが借りたのは本殿の南西にある通称、翡翠の塔だ。

ゼクスの私室がある塔でもあり、本殿にある水晶庭園でエリーゼ殿下の誕生会が行われる関係で、こちらにはほとんど誰も立ち寄らないとのことで、今回の会場として選ばれた。

「あ、あの、エルフィちゃんにここに来てくれって言われたんですが、何かあるんですか？　レヴィンさん、荷物を抱えているようですけど……」

会場へ続く扉の前で、エリスと鉢合わせた。

ユーリ殿から預かった花束をバッグに隠しておいてよかった……ラベンダー色のドレスを纏った彼女は、随分とフォーマルな装いだ。

エリーゼ殿下の誕生会に向けて、ということなのだろう。

俺は質問にはあえて答えず、服装を褒める。

「その格好、よく似合ってるよ。いつもより大人っぽく見える」

「そ、そうですか？　あまり着慣れないので、少し気恥ずかしいです」

「とりあえず、中に入るか。みんな待ってるからさ」

「皆さんが……？」

エリスの前に出て、俺は立派な扉を開いた。

俺たちが扉をくぐると、大きな破裂音と共にクラッカーが鳴らされた。

「「「お誕生日おめでとう、エリス!!」」」

「え……？　え……？」

誕生会の会場には、エルフィとアリア、俺の家族やゼクスに加え、アーガスとアントニオたち猩々までいる。

もちろん俺の相棒である魔獣たちも一緒だ。

予想外の展開だったのか、エリスは目を丸くして驚いている。

みんなを代表して、俺が種明かしをした。

「聞いたよ、エリス。今日が誕生日なんだってな」

「え、あ……そうですけど、お話ししましたっけ？」

不思議そうなエリスの腕を、エルフィが引っ張った。

「細かいことは気にしない。それよりも、ご飯がいっぱいできてる。どれもエリスの好物」

誕生会といっても急な話だったので、用意できたのは料理とプレゼントぐらいだ。

だが、品数だけはかなりのものだろう。

「スコーンにミネストローネに、それに以前いただいたセキレイ皇国の料理まで……!!　もしかして、レヴィンさんが？」

「いいや、俺は手伝ったけどメインじゃないんだ。今日の準備を主導したのは……」

ちらりと視線をアリアにやる。

彼女は《神聖騎士（セイクリッドナイト）》としてエリスを追い詰めた件について、謝罪する機会を探っていた。

今日がその日というわけだ。

「えっと、あの……」

俺たちの視線に気が付いて、アリアがもじもじする。

どうやら、俺が考える以上に緊張しているらしい。

伏し目がちになって、困ったように視線を彷徨わせている。

だがこれは、アリアにとって必要なことだ。

彼女が声を絞り出すのをじっと待つ。

「あの……私、エリスさんの誕生日だって聞いて……何かできればなと思って、料理を……」

「まあ！　アリアさんが作ってくれたんですか？　どれも私の好きなものばかりです！　……本当にありがとうございます」

「う、うん。それと……」

ここからが本題だ。

「……初めて会った時、その……私、酷いことをして、あなたのことを……本気で倒そうとした。だから、お詫びがしたくて……」

アリアが差し出したのは、美しい花の花束だ。

「あ、これ……湖沼地帯で見た……」

「エリスさんがお花が好きだって聞いたから」

「ありがとうございます」

花束を受け取ったエリスはしばらく香りを楽しむと、ゆっくりと口を開いた。

「アリアさん、ずっとそのことを気にしていらしたんですね。てっきり、嫌われているのかと思っていました」

どうやらエリスも、アリアが不自然に自分を避けていることに気付いていたらしい。

「そ、そんなことない！　だけど、あなたを殺そうとしたのに、何食わぬ顔で仲良くなんてできなくて……」

もう一度エリスが花の香りを嗅ぐ。

「アリアさんと初めて戦った時、とても怖かったです。降り注ぐ矢と魔法の中で、いつこの地獄が終わるのかと震えながら戦っていました」

「っ……ごめんなさい……」

アリアの目端に涙が伝う。

それを見たエリスがそっと彼女に近付いて、ハンカチで涙を拭き取った。

「ですが、あなたを恨んだことは一度もありませんよ」

「え……？」

「アリアさんは私を倒せっていう命令に従っただけですよね？」

「でも、命令を言い訳には……」

「私も同じです。《暗黒騎士(ダークナイト)》の力を使いたくなかったのに、あなたを止めるために、戦うよう命じられた。主の命令には忠実に従う……それが騎士というものです。私はそれが心底嫌になって、竜大陸に移住しました」

エリスの主は欲深い男だった。天職の代償で寿命が短かった彼女を狙って婚約者にした上で、自分の手柄になるように、リスクを承知で力を使わせていた。

そんな環境で、エリスが誰かに仕えるのにうんざりするのは当然だ。

「アリアさんも一緒ですよね？　エルウィン王国を捨て、リントヴルムさんの背に来たってことは、騎士として本心を押し殺すのが嫌になったってことでしょう？」

「それは……そう。あの王様のところにいたら、やりたくない作戦を強要される。私はレヴィンや村のみんなの幸せのために、エルウィンに仕えたけど……代わりに他の人を犠牲にするのは間違っているって気付いたから」

「なら、私たちは仲間です。アリアさんの気持ちは分かりますが、私はそんな過去のこと、もう気にしてません！　私たち、よかったらお友達になりましょう!!」

エリスがアリアの手を取る。

「私、同年代のお友達って全然いなくて……アリアさんがここに来た時から、仲良くなれたらなってずっと思ってたんです」

「そう……なの？」

「はい。それに私……こんな風に誕生会を開いてもらうの初めてで……今、凄く嬉しいんです!!」

今度はエリスの目端に涙が光った。

「……それなら、これから毎年祝うよ。私も、エリスさんと仲良くしたかったから」

二人が手を取り合う。

どうやら、全て丸く収まったようだ。

「うぅ……とても素晴らしい光景です。これこそが真の平和……！　この世の真理!!　うおおおおおおおお！！！！！」

アーガスがエリスたちのやり取りに感動して涙を流している。

俺のことを「三流貴族のゴミテイマー」と呼んでいた彼も変わった。

もしかしたら、これが俺が目指すべき国の姿なのかもしれない。

いろんな過去や背景を持つ人間、聖獣と幻獣、魔獣が、楽しく暮らすために協力する。

竜大陸にできる市場も、そんな場所になればいい。

「空腹が限界……二人とも、そろそろ食べていい？」

しんみりとした空気の中、エルフィの腹の音が盛大に鳴り響いた。

食いしん坊のエルフィだけど、エリスたちの話が終わるまで待っていたようだ。

「ふふ。ごめんなさいね、エルフィちゃん。それじゃ、お昼にしましょうか」

そして、誕生会が始まった。

料理はアリアの力作だ。どれも頬が落ちるほどに美味しい。

セキレイの料理なんてほとんど初めて作っただろうに、繊細で奥深い味わいをしっかり再現できていると思う。

「うぅ……やっぱり、このお箸(はし)って使いづらい」

エルフィは果敢にも箸に挑戦していた。

一料理好きとしてこだわりたかった俺は、猛練習（もうれんしゅう）の末に使えるようになったが、かなり苦戦した。

「気にせずスプーンとフォークを使っていいんだぞ。美味しく食べられなかったら損だからな」

「うん。そうする……このカニのご飯、美味しい」

「おっ、カニ飯ってやつだな。ご飯を炊（た）く時にも出汁を使っているから、米の一粒一粒にしっかり味が染みているんだ。ちなみに、カニはアリアが採ってきたんだぞ」

「そうなの!?」

最初はメルセデスさんに仕入れを頼んだものの、取り扱う量が少なく、誕生会で出す量には足りなかったのだ。

どうしたものか悩んでいると、フィルミィが秘密の場所を教えてくれた。

「実は湖沼地帯に巨大なカニの魔獣が出現する湖があってな。アリアが思い切り大盾を叩きつけて一発で仕留めたんだ。いやあ、豪快だったな」

「レヴィン、それじゃ私が怪力（かいりき）みたいでしょ」

「でも、一撃で倒したのは本当だろう？」

「うぅ……そうだけど」

アリアが頬を真っ赤に染める。

《神聖騎士（セイクリッドナイト）》として凄まじい能力を持つ彼女だが、力自慢に思われたくない乙女心（おとめごころ）があるようだ。

「武術じゃ、もうすっかりアリアが上だよな。子どもの頃は俺の方が強かったのに」

貴族らしく剣の稽古は重ねたけど、俺が授かったのは《聖獣使い》なので、《騎士》系の最上位職であるアリアにはもう敵わない。

もちろん、この力のおかげで、色んな魔獣や聖獣と絆を結ぶことができたのだ。これ以上を望むつもりはないが、なんとなく悔しい気持ちはあった。

「大丈夫。どんなことがあってもレヴィンは私が守るから、気にしないで」

「はは。そういうことじゃないんだけどな……でも、ありがとう。何かあったら、遠慮なく頼らせてもらうよ」

もぐもぐとカニ飯を食べていたエルフィがスプーンを止めた。

「待って。ママを守るのは相棒である私の役目。いくらアリアでもそこは譲らない」

「えっ……でも、私もずっと一緒だったし、この力はレヴィンやみんなのために使いたいし……」

エルフィとアリアが張り合っている。

なかなか珍しい光景だ。

「ふふ。なんだか、面白いことになってますね」

そんな二人を見て、エリスが笑いながら近付いてきた。

どうやら他のみんなにお礼を言って回っていたようだ。

「今日は本当に楽しいです。アリアさんの料理は美味しいいし、こうして誕生会を開いてもらうのは初めてで……」

クローニアの貴族家に生まれたのに、それは意外……いや、だからこそか。

「……もしかして、日付のせいか？」

「……はい。誕生日がエリーゼ殿下と一緒なので、我が家はいつもそちらの誕生会に参加していました。父もその日は他の貴族との交友を深めるために必死で、なかなか時間がとれなくて……」

なるほど。王族と誕生日が重なるとそういうこともあるのか。

なんとも不憫な話だ。とはいえ、あの父親がもう少しエリスを気にかけていればな……

そう考えたところで、俺は気付いた。

「もしかして、ユーリ殿は祝ってくれてたんじゃないか？」

今回の誕生日に、あの人はエリス宛の花束を用意していた。

誕生会の話をする前から準備していたことを考えると、妹の誕生日を覚えていた可能性が高い。

「あ、はい。そうなんです。エリーゼ殿下の生誕を祝うパーティーの席で、兄様はよく料理を盛り付けて渡してくれました。料理はできないからって、必死に盛り付けを工夫して、少しでも特別感が出るようなディナープレートを作るんですよ」

無愛想なユーリ殿からはとても想像できない光景だ。

「それに、花も毎年贈ってくれてましたね。私が好きな赤色の花をどこからか手に入れて……そういえば、クローニアでは目にしない珍しい品種が多かったかもしれません」

俺はその話を聞いて、ユーリ殿から預かった花束を差し出す。

「これって……もしかして、レヴィンさんもプレゼントを用意してくれたんですか？　とても嬉しいです!!」

さて、一体どう話したものか。

ユーリ殿は自分からの贈り物であることは伏せるように言っていたが……

「いや、これはユーリ殿からだ。先ほど、城ですれ違った時に預かってな。『忙しくて誕生会に顔を出せないから、せめて花束を渡してくれ』って」

約束を破った上に、少し脚色してしまった。

とはいえ、誕生会への参加をエリーゼ殿下の護衛を理由に断っていたんだから、嘘は言っていない。俺だってエリスを騙したくないし、正直に送り主を伝えた方がいいだろう。

「まったく兄様ったら……直接渡してくれればいいのに……」

呆れ顔だが、どこか嬉しそうだ。

やはり、兄から贈り物をされて喜ばないはずがない。

「ありがとうございます。今度兄様に会ったら、お礼を言っていたと伝えてください。私には……会ってくれなそうですし」

しかし、不思議だ。贈り物をする仲なのに、どうして二人の距離感は微妙なのだろう。

とても気になるが、果たして俺が踏み入っていい話なのか……

「ふふ。やっぱり気になりますか？　私と兄様の関係」

「あ、いや……決して、そんなつもりは」

「ふふ、顔に出てますよ。隠し事が苦手なんですね、レヴィンさんって」

そんなに分かりやすいのだろうか。

「折角ですから、お話ししましょうか。別に隠すような話でもないですから。といっても、兄様のことは私にもよく分からないんですけどね」

エリスが自嘲する。

「昔はあんなに冷たい雰囲気じゃありませんでした。とても優しくて、いつも私のことを気にかけてくれて……近衛騎士として忙しくしていましたが、暇を見つけては家に帰ってきてくれましたし」

「それが一体、どうして？」

「……分かりません。ですが、人が変わったようになったのは、私が神授の儀に参加し、天職が判明した後かもしれません」

エリスが授かったのは《暗黒騎士(ダークナイト)》。寿命を代償に強力な力を引き出すS級天職だ。

だが、そのこととユーリ殿の変化に何か関係があるのだろうか？

なんだか、繋がりそうで繋がらない。

「やっぱり、兄様も私の天職が気に入らなかったのでしょうか？　父のように……」

エリスの父は、妻を立場ある貴族に殺され、泣き寝入りするしかなかった。そして、ルベリア家の名声を高めることが家族の安全に繋がると考えるようになった。

当初は力のある貴族の家にエリスを嫁がせ、娘の幸福を守ろうとしたらしい。しかし、寿命を削るという代償がある天職のせいで、それが上手くいかなくなったのだ。エリスの父は落胆し、期待に応えられなかった彼女はますます心を殺すようになったという。

「本当に、天職が期待外れだったせいなのかな」

「え……？」

エリスが怪訝な顔をした。

直感的に、ユーリ殿には別の理由があるんじゃないかと思ったのだが……上手く説明できない。

「うーん……この流れで渡すのも変かもしれないけど、俺たち家族からの誕生日プレゼントだ。開けてみてくれないか？」

俺はエリスが包みを開く様子を見守る。

「あ……!!　これって……」

包みの中から現れたのは、赤い体毛のヒヨコのイラストが描かれたマグカップだ。

「このヒヨコ、もしかして私ですか？」

「ああ。マグカップを一新して、改めてお揃いにしようって話になってな。父さんたちがマグカップを作って、俺がみんなをイメージしたイラストを描いたんだ」

「そうなんですね……ありがとうございます」

とても優しげな眼差しで、エリスがイラストをなぞる。

「前にマグカップが壊れた時、エリスは言っただろう？　『形に残らなくても、私にマグカップを贈ろうとしてくれた事実が嬉しいです』って」

「は、はい。そう言いましたけど、こうして聞くと、なんだか恥ずかしいですね」

気まずそうにエリスが目を逸らす。

「事情をよく知らない俺が言うのもなんだが、エリスのお兄さんだってそうなんじゃないかな。今もこうして花を贈ってくれるのは、間違いなく妹への思いやりからだ。それなら、君にどこか冷たいのも理由があるんじゃないかって」

真意は分からないが、ユーリ殿には何か深い事情がある気がする。

やけに、神竜に詳しかったことといい、彼にはエリスさえ知らない秘密がありそうだ。

「すまん、確証があるわけじゃないんだ」

「いえ、レヴィンさんに言われたら、なんだかそんな気がしてきました。それに、気になるならちゃんと話をするべきですよね、さっきのアリアさんみたいに。決めました。この後のエリーゼ殿下のお誕生会が終わったら、なんとか兄様とお話ししたいと思います」

「大丈夫か？」

「ええ、アリアさんが勇気を振り絞ってくれたんですから、私も頑張ってみます」

どうやらアリアの行動が、思いがけずエリスの背中を押したようだ。

その日の夕方から、城内は一気に慌ただしくなった。

ウィンダミア王城の本殿の屋上には、美しいガラスと水でできたドーム状の庭園が存在する。

水晶庭園と呼ばれるそこが、エリーゼ殿下の誕生日を祝う晩餐会(ばんさんかい)の会場だ。

竜大陸からは俺とエルフィ、アリアとエリスに加え、猩々たち数名が参加する。

豪華な料理が並び、飾り立てられた庭園で、ついにパーティーが始まろうとしていた。

「親愛なるクローニア王国の皆様、本日はご列席いただき、ありがとうございます。此度は、エリーゼ殿下の生誕を祝うため、ささやかながら祝いの席を設けさせていただきました」

ゼクスが口上を述べる。

「エルウィンとクローニアは、これまで争いを繰り返してきました。しかし、私はこれ以上の争いを望みません。また、エリーゼ殿下も私と志を共にして、改めて我が国と友誼を結びたいと望んでくださいました。この晩餐会が、両国の絆を揺るぎないものとするきっかけとなれば幸いです」

招待客たちが、ゼクスの言葉を聞いて頷いている。

不毛な争いに疲弊して、ゼクスに賛同する気持ちがあるのだろう。

しかし一方で、一部の客の態度は冷ややかなものであった。

小声で「散々戦ってきたのに、今更何を言っているんだ」とか、「絆なんてあるわけがないだろ」などと口にしている。

長く戦ってきた両国だ。当然といえば当然だが。

「それでは、皆様。グラスをお持ちください。乾杯!!」

ゼクスが音頭を取り、晩餐会が始まった。

エルフィが料理に飛びつく。アリアは俺の服の裾をつまんでこれからのことを尋ねてきた。

「レヴィン、エリーゼ様への贈り物はどのタイミングで渡す？」

「うーん、ゼクスに相談して用意はしたんだけどな」

本日の主役は、大勢の招待客に囲まれて忙しそうだ。

クローニアの人はもちろん、エルウィンの貴族たちにも話しかけられている。

ここまで盛大な催しが行われた以上、両国の間で和平が結ばれる可能性は高い。

そう踏んだ者が、今のうちにエリーゼ殿下に取り入ろうと考えたのかもしれない。

「姫殿下は随分と人気者のようだね。これでは、お話しするのは難しそうかな？」

俺たちが眺めていると、褐色の肌の見知らぬ青年が話しかけてきた。

金の刺繍が入った、最高級のウールで仕立てられた白い夜会服を纏っている。かなり高貴な身分なのだろう。

青年は俺の顔をまっすぐ見て、はにかんだ。

「君がレヴィンだよね？　隣の女性が《神聖騎士》のアリアさんか。ずっと会いたかったんだ」

「あなたのお名前を伺っても？」

「僕の名前はシリウス……といっても、ピンとこないか。こう言えば分かるかな。僕のフルネームはシリウス・グラメリア・ラングランだ」

「っ……!!」

その名を聞いた瞬間、アリアが俺をかばうように前に飛び出し、その身に魔力の鎧を纏った。

《神聖騎士》の力を発動させたのだ。

そして低い声で問う。

「レヴィンに一体なんの用？」

アリアが警戒するのも当然だ。

ラングラン……それはドルカスを唆し、エルウィンを戦争へ駆り立てた男、ドレイクの姓だからだ。

大盾を出し、臨戦態勢をとる彼女に、周囲の客がざわめく。

シリウスがきょとんとした表情を浮かべた。

「アリアさんこそどうしたんだい？　まだ自己紹介をしただけなんだけど……」

黙っているアリアに代わり、シリウスに尋ね返す。

「君はドレイクの関係者なのか？」

「そうだよ。ドレイクは僕の父だ。死んだ父に代わり、僕が領主を代行している……まあ、あの人がこのくらいのことで死ぬとは考えられないけど」

茶目っ気たっぷりに言っているが、俺たちはますます警戒を強めた。

「父親の仇（かたき）を取りに来たのか？」

「まさか。敵国の捕虜（ほりょ）や領民を攫い、虐待した父の罪は決して許されないものだ。君たちには感謝こそすれ、恨む理由なんてまったくない。あの人を止めてくれてありがとう、レヴィン」

シリウスが頭を下げた。その仕草からは、確かに敵意は窺えない。

もちろん、こちらを油断させるためのポーズである可能性もあるが……

「ほら、アリアさん。周りのみんなが驚いているし、盾をしまってほしいな」

顔を上げたシリウスがこちらを促す。

アリアが無言で武装を解除し、元のドレス姿に戻った。

「もしかして、怖がらせてしまったかな。もともといずれ謝罪に伺いたいと思ってて……それに、神竜を従えたっていうレヴィンのことが気になってね。急に声をかけてしまってごめんよ」

「……従えているわけじゃない。二人とも対等な俺の仲間だ」

「失礼、嫌な言い方だったね。君は《聖獣使い（ホーリーテイマー）》でありながら、魔獣たちの自由意志を尊重している。とても珍しいテイマーのようだ」

シリウスの言葉通り、魔獣を便利な道具とみなす者は珍しくない。

「俺からすれば、魔獣を道具扱いするやつの方がおかしい。魔獣も聖獣もテイマーを信頼して、力を預けているんだ。それを心のない道具のように扱っていいわけがない」

「なるほど、好ましい考え方だ。ますます君に興味が湧くよ」

一体、何を考えているのだろう。

ユーリ殿といい、最近は腹の底が読めない人物とばかり知り合うな。

「僕のことを警戒しているようだけど……姓や生まれだけで判断してほしくないな。父さんには父さんの考えがあったように、僕にも僕だけの思いがある」

その言葉を聞いてハッとする。

俺はドレイクの息子というだけでシリウスを警戒し、その言葉を信じずにいた。

純粋な信頼を疑い、上辺（うわべ）だけの情報で壁を作っていたら、魔獣を道具として扱うテイマーと変わらない。

「すまなかった。どうやら、余計な思い込みを抱いていたみたいだ」

「分かってくれて嬉しいよ」

シリウスが笑みを浮かべる。

彼からはドレイクのような獰猛さを感じない。自分の意見ははっきり言うが、物腰は柔らかく、穏やかな雰囲気のある青年だ。

なんでも、シリウスは数年前から異国に留学しており、ゼクスから今回の件で連絡が来たため慌てて帰国したそうだ。今は信用を失ったラングラン家のため、奔走しているところだという。

父親とはよく手紙でやり取りをしていたものの、その企みは知らなかったらしい……ドレイクって意外と筆まめだったのか。

アリアが彼の婚約者にされた話をすると、シリウスは目を丸くした。

「うーん……父さんは死んだ母さんを偲んでいるとばかり思っていたんだけどな……おっと、本題を忘れるところだった。神竜たちをとても大事にしている君に、託したい情報があるんだ」

「情報……？」

「そうだよ。父さんは邪竜に変身したそうだけど、普通の人間だ。どこからその力を得たのか、気になっているんじゃないかい？」

先ほどユーリ殿がほのめかしていた話だ。

「端的に言うと、ラングラン領に神竜はいない」

「どうしてそんなことが分かるんだ？」

あまりにもはっきりと断言するので、違和感を覚える。

「僕は生まれつき、色んな感覚が鋭敏でね。強大な力を持つ存在を感じ取れるんだ。昔は分からなかったけど、ゼクス陛下から事情を聞いて納得したよ……かつてのラングラン領にはほんの微かに神竜の気配があった。でも、今はない」

「それなら、一体どこに消えたんだ？」

「詳しいことは僕にも……久しぶりにラングラン領に戻ったから、いなくなった時期さえ分からないんだ。ごめんね、こちらでも引き続き調べてみるよ」

「そうか……貴重な情報をありがとう。だけど、どうしてここまでしてくれるんだ？」

シリウスは今、父親の後始末で忙しいはずだ。俺のために動いてくれる理由が分からない。

「君に期待しているんだよ、レヴィン。君は神竜の力を手にし、望めばエルヴィンもクローニアも支配することができた。だけど、共生の道を選んだんだろう？　そんな君なら、みんなが生きやすい世の中を作ってくれると思ったんだ」

なんだか大げさな話だ。

俺はリントヴルムを国として認めてもらって、みんなと静かに暮らしたいだけだ。世界を変えたいとか大層な目標があるわけじゃない。

そう言った俺に、シリウスは微笑んだ。

「君が望まずとも、きっと神竜の力は世界に大きな影響をもたらすよ。いい意味でも悪い意味でもね」

ユーリ殿も似たようなことを言っていた。

エルフィたちの力を悪用するつもりなんて、微塵もない。

だけど、彼らが言うように、神竜を仲間にするということの意味をしっかり考えなくてはいけないのかもしれないな。

「少し長い話になってしまったね。姫殿下に話しかける人も少なくなってきたみたいだし、そろそろ挨拶に行くといい。さ、行っておいで」

いろいろと情報をくれた青年にお礼を言い、俺たちはその場を後にした。


さて、肝心のエリーゼ殿下はゼクスと話し込んでいるようだった。

彼女の隣には護衛のユーリ殿と、見慣れない白髪の眼鏡の男性が立っている。

「お誕生日おめでとうございます、エリーゼ殿下」

「ありがとうございます、レヴィン様。そんなに堅苦しくなさらなくていいんですよ」

「その、まだ慣れなくて……」

それに、ここはフォーマルな場だ。なおのこと気安い態度は取れない。

「あ、そうだ。紹介しますね。彼はゼノン。クローニアの宰相(さいしょう)です」

「あ、どど、どうも！　ゼノンと申します。よろしくお願いいたします!!」

うわずった声で、眼鏡の男性が腰を折った。

「はじめまして。レヴィン・エクエスです」

「お、おお……こ、光栄であります!!　レヴィン殿のお噂はかねがね——うわぁあああ!?」

ピシッと背筋を伸ばして敬礼したゼノンさんだったが、足をもつれさせ、その場に倒れこんだ。

エリーゼ殿下が俺たちに謝る。

「す、すみません。ゼノンは人見知りで、こうした集まりが苦手なんです。普段はとても優秀なのですけれど……」

宰相が人見知りってどうなんだ……

「ゼノン、無理に挨拶をお願いして悪かったわ。しばらく部屋で休んでいていいのよ？　疲れたでしょう」

「い、いえ！　私はここで銅像のように黙ってじっと立っております!!」

積極的に話しかけはしないが、エリーゼ殿下のことは見守っているということか。

とりあえず、彼女に贈り物を渡さないと。

俺が合図を送ると、ぴっちりとしたスーツを着た猩々たちが、大きな箱のような家具——冷蔵庫を持ってきてくれた。

「俺たちから殿下への贈り物で、【冷蔵庫】という魔導具です。神竜の古代文明で用いられたもので、食材を冷やしたり、凍らせたりすることができます」

「氷室（ひむろ）や魔術師に頼らなくてもいいんですか!?」

魔導具の研究が進む昨今でも、冷蔵技術は貴重だ。

貴族や王族は、巨大な氷を持ち帰って氷室を作ったり、魔術師を雇って食材を冷蔵したりするそうだが、平民には手が出ない。

「はい。空気中の魔力を取り込んで稼働するので、誰でも扱えますよ」

「凄いですね!! どんな構造をしているのでしょう？」

エリーゼ殿下は、興味深げに冷蔵庫を観察する。

ゼクスから、彼女は魔導具に造詣が深いと聞いた。喜んでくれるといいのだが……

「あ、でも、本当にいただいていいんですか？ 神竜族の技術が詰まった、貴重なものでしょう？ それを他国に……それも祖国と対立していたクローニアに渡すなんて……」

「気にしないでください。友好の証です」

「ありがとうございます、レヴィン様！ とても嬉しいです。わたくし、実は魔導具が大好きで……魔力が少ない人でも便利な技術を使えるようになれば、みんなが豊かに暮らせますよね」

凄く立派な考えだ。

魔導具を研究する人の中には、優れた技術を独占したいという邪(よこしま)な志の者もいるのに。

「魔法が平民に広がると、自らの特権が脅(おびや)かされ、利益が損なわれるのではと危惧する貴族もいます。ですがそんなことはありません。わたくしはみんなが裕福になれば、それだけ国に富が生まれると考えています」

エリーゼ殿下の意見に、俺は深く頷いた。

「俺の父も同じ考えです。『自分たちの生活があるのは、民が税を納めてくれるからだ。みんなの暮らしが豊かになるように、努力するのが貴族の務め』とよく言っていました。貧しい土地しかない貧乏領主でしたが……この技術が広まるのは望むところです」

「素晴らしいお父上ですね。それでは、ありがたく頂戴いたします」

とりあえず喜んでもらえたなら何よりだ。

「しかし、これも神竜文明の一端にすぎないのだろう？」

隣に立っていたゼクスの言葉に、俺は小声で答える。

「そうらしい。都市が発展すればするほど、いろいろな技術が使えるようになるみたいで……トランスポートゲートだって最近使えるようになったんだ」

「まだまだ発展途上らしいが、いずれゆっくりと見て回りたいものだな」

ゼクスは度々竜の背を訪れているが、まだ全容を知っているわけじゃない。

なんなら俺だって、竜大陸を隅々まで探索できていないしな。

「いいですね。わたくしも行ってみたいです」

「エリーゼ殿下も、今度遊びに来てください。歓迎しますよ」

「えっ、いいのですか……？」

「もちろんです。魔導具に詳しいあなたなら、俺より詳しく分析できると思いますし、ぜひいらしてください」

しばらく話をしていると、ゼクスがあたりを見回した。

「頃合いだな。殿下、参りましょう」

二人は水晶庭園に設けられたステージに向かう。

そろそろ、計画が始まるようだ。

まず、口を開いたのはゼクスであった。

「ご列席の皆々様、晩餐会は楽しんでいただけているでしょうか。さて、本日は、私とエリーゼ殿下からお伝えしたいことがあります」

会場がざわつく。

これから発表されることを知る者は、極わずかしかいない。

何を話すのかと、みながゼクスを注視している。

「我がエルウィン王国とクローニア王国は、和平に向けてこれまで協議を続けてまいりました。私とエリーゼ殿下は、和平をより確かなものにするため、ある構想をまとめました。今回の計画に協力してくださるのが、こちらのレヴィン殿です」

ゼクスの紹介で、俺はステージに近づいた。

壇上に立つ二人と会場の貴族たちに、頭を下げる。

「ご存知の方も多いかと思いますが、レヴィン殿はあの神竜の主にして、古代文明の継承者です。神竜の背には高度な技術が眠っており、彼はその一端を我々に……」

「ふ、ふざけるな！　姫様、これは一体なんの茶番でしょうか⁉」

ゼクスの言葉を遮り、髭面の太った男性が怒声を上げた。

脇に控えていたゼノンさんが必死に制止する。

「ボ、ボードウィン公爵、おやめください‼」

「黙っておれ、ゼノンよ！　ワシはそこの男に用があるのだ‼」

ボードウィンと呼ばれた男は激昂した様子で、ゼクスに敵意ある眼差しを向けた。

「何が和平だ、バカバカしい。いいですか、エリーゼ様。その男は我が国を蹂躙した愚王の息子です。それが今更和平などと言ってきても、裏があるに決まっている！」

発言から察するに、彼はクローニアの貴族か。

「何よりも気に食わんのは……貴様だ!!」

ボードウィン公爵がズカズカと俺の前にやってきて、まっすぐ顔を睨みつけてきた。

「な、なんですか？」

「『なんですか』ではない!!　忘れもせん。国境付近での戦いにおいて……ワシはあの漆黒の巨竜が金鉱山を破壊するのをこの目で見た！　あそこの採掘事業は、我ら有力貴族による独占事業だったのに、今ではガラクタしか残っておらん……全て貴様が悪いのだ！」

俺の肩を掴み、激しく揺らす。

こちらにも事情があったとはいえ、それは本当に申し訳ない。

謝罪しようとした俺だったが……

「ずれてる……」

ボードウィン公爵の頭の上に載ったふさっとしたもの……カツラがずれていくのを見て、言葉を失ってしまった。

「あれから我が領地は経営が苦しくなるばかり……!!　ストレスの……ストレスのせいでワシの髪も……ぬおおおおおお!!」

ボードウィン公爵が崩れ落ちるようにその場に膝をついた。何度も何度も悔しげに地面を殴りつけたり、天を仰いで雄叫びを上げたりと、完全に取り乱している。

彼の情緒が乱れる度に、カツラがずれていく。

ボードウィン公爵への謝罪を優先すべきか、カツラのずれが衆目に晒されてしまっているのをフォローすべきか……オロオロしていると、彼は突然立ち上がってエリーゼ殿下を指差した。

「姫様!!　姫様は騙されておるのですっ!!　この男は、このワシの利益……もとい我が国の安全を脅かしたのですぞぉっ!!　それをなぜ信じられるのです……かっ!!」

大げさな身振りと手振りを交え、必死の形相で説得しようとしている。

そういう意見が出てくるのも無理のない話なのだが……どうしたものか。

「そうだ。その男は我が国の敵だ!!　聞こえのいい言葉で、騙そうとしているに違いない!!」

ボードウィン公爵に追従するように、どこからともなく声が上がる。

それだけならまだしも、クローニア貴族の罵声を聞いて、エルウィンの貴族まで怒りを露わにし始めた。

「なんだと!?　何を言うかと思えば、好き勝手陛下を侮辱しおって!!　前の侵攻は愚王ドルカスの蛮行のせいだと何度も説明したではないか!!　陛下はそれを止めるためにだな……」

「それが言い訳になるものか!　貴様たちエルウィン人はすぐに責任逃れをする。賠償問題も有耶無耶にするつもりか!!」

これでは、和平交渉どころの話じゃない。

「すまない、ゼクス。俺のせいで……」

「いや、君のせいじゃない……やはり、こうなったか」

壇上のゼクスが盛大なため息をつく。

やはりって……最初から分かっていたのか？

「これまで、我々は和平に向けた折衝を続けてきた。しかし、その度に派手な芝居で場を混乱させ、交渉を決裂させてきたのがあのボードウィン公爵なんだ。いつも訴える内容が違うから、改善を提案してもいたちごっこでな……今回はたまたま君が標的になっただけだよ」

ゼクスが額に手を当てながら説明した。

数ヶ月の苦労を思い返しているのか、その表情は苦々しい。

エリーゼ殿下がその先を引き取る。

「我が国の騎士団をまとめている者なのですが、今回の使節団に同行してきて……あのように一貫して反対の意を示しています。おかげで交渉が進まない状態で」

「……なんとも困った人なんですね」

俺が呟くと、エリーゼ殿下は眉を寄せた。

「ボードウィン公爵はクローニアのためではなく、自分の利益のために反対しているにすぎません。わたくしが説得してみます。彼にとってもメリットがあると分かれば、きっと考えを変えてくれるでしょう」

エリーゼ殿下が毅然とした態度で声をかけようとした瞬間……アントニオがボードウィン公爵の

頭を掴んだ。

「な、何をする……!?」

「な!?　アントニオ、一体どうしたんだ……」

周囲の制止を無視し、アントニオはボードウィン公爵のカツラを剥ぎ取った。

殿下の指示で事態を静観していたユーリ殿の眼差しが険しくなる。

「やめろ……ケダモノめ！　ワシにこんなことをして、ただで済むと思うなよ……！」

罵倒を意に介さず、アントニオが公爵の頭に液体のようなものをふりかけた。

あの小瓶……花に生命力を取り戻した薬剤――神竜印の活性剤だ。

「ど、毒か!?　貴様、毒を塗ったのか……!!」

「黙っていろ」

やがて、ボードウィン公爵の頭部に生命力がみなぎる。

なんと、失われたはずの彼の頭髪が再び生えてきたのだ。

「これが神竜の力だ」

アントニオが、懐から出した手鏡を渡した。

その光景を見た周囲の貴族たちがひそひそと話し出す。

「一瞬で髪が再生したぞ！」

「不毛の大地をよみがえらせるとは、あれが神竜の秘薬か……!?」

「……その通りです。これは神竜の神秘の一部。男性にとっては非常に魅力的な、夢の技術ではないでしょうか」

ゼクスがこの流れに乗じて、話を戻した。

騒然としていた場は静まり返り、誰もが説明に聞き入っている。

「もう一つ、お見せしたいものがあります」

ゼクスの案内で、招待客たちが庭園を出る。向かう先は城門前にある広場だ。

そこには、布で覆われた巨大な物体があった。

「そういえば庭園からも見えたが、あれはなんなんだ？」

「エリーゼ姫とゼクス陛下は一体何を……」

隠されたものを前に、招待客たちが口々に話す。

「我々は密かに、とある国と友好関係を結びました。この中には、その国のことを知る方も珍しくはないでしょう」

事前の打ち合わせ通り、ゼクスの言葉と同時に、夜空の雲を裂いてリントヴルムが現れた。

「あれは我がクローニアを襲った神竜……!!　なぜここに!?」

「あれは《聖獣使い（ホーリーテイマー）》の竜ではないのか？　一体、どういうことだ？」

当然と言うべきか、みんな混乱しているようだ。

先の戦いで、リントヴルムは大きな存在感を発揮した。

どうして姿を見せたのか、状況が飲み込めないのだろう。

エリーゼ殿下が口を開く。

「ゼクス陛下と神竜の主であるレヴィン様と共に、わたくしはある構想を練りました」

隣にいたゼノンさんがそっと手を挙げる。

「その……先ほどもおっしゃっていましたが、宰相たる私も初耳です」

「すみません。ゼクス陛下たちと内密に話を進めていたもので……」

「あ、そうだったんですね……姫様に信頼されてないということか……」

ゼノンさんが落ち込んでいる。

「えーっと……こほん。百聞は一見に如かずでしょう。どうぞご覧ください」

ゼクスの合図をきっかけに、布が引き下ろされた。

中から現れたのは巨大で壮麗なデザインの転移門だ。

「この先はとある場所に繋がっています。私が先導するので、ついてきていただけますか？」

ゼクスに続き、みんなが星の河を通る。

そして辿り着いたのは、リントヴルムの背……アントニオが作り上げた市場だ。

「おお!?　なんだこれは？　別の場所へ移動したぞ」

「さっき通った門と同じものがあるな。これを介して、異なる場所へ転移したのか？　そんな技術、聞いたことがない」

人々がどよめく。

転移魔法を研究する者は少なくないが、その技術はまだ確立していない。

「皆様、ようこそいらっしゃいました」

俺はゼクスたちの前に立ち、来賓を歓迎する。

「ここは、先ほどご覧いただいた竜の背中に築いた都市です。一度朽ち果てた古代の都市を再建しており、いまだ復興の途中ではありますが、先日、この市場が完成いたしました」

説明をすると、誰かが感嘆の声を漏らした。

「見たことないほど美しい景色だ。それにこの市場……とても広く、素晴らしい意匠だ」

アントニオは、単に露店を並べただけでなく、この区画一帯に、三階建ての大きなショッピングセンターを作り上げた。

古代の遺跡のような見た目をしたそこには、様々なショップが入るスペースが築かれている。

ゼクスがさらに解説してくれた。

「この建物は、神竜の文明の力で一瞬にして作り上げたものです。設計図と材料さえあれば、製造の工程を大幅にスキップできます。彼らの技術の中で最も驚くべきものは、先ほど通った転移門です。神竜文明の力があれば、この竜大陸に至る門を地上にも建造することが可能です。それが意味することに、皆さんはお気付きでしょうか?」

震える声で、エルウィン貴族の一人が答える。

「それは……とんでもない技術ではありませんか!!　全世界の商人が集う市場を作れますぞ」

領地を経営する貴族だけあって、すぐその可能性に思い至ったようだ。

「我々は、世界のどこからでも瞬時にアクセスできる、国際的な市場の設立を宣言いたします!!」

高らかに唱えたゼクスに、皆が絶句した。

街灯に明かりが灯り、露店には様々な商品が並んでいる。

今回はあくまでチラ見せだ。商人たちこそいないものの、すぐにでも販売を開始できそうな市場の様子は、俺たちの構想に説得力を与えるだろう。

「無論、今日の席にお集まりいただいた皆様には、国籍の区別なく参加していただきたいと思っております。ですが、そのためには必要なものがあります。過去の争いを水に流し、新たな国際秩序を形成することです!! 皆様にはどうかご協力願いたい」

一瞬の静寂の後、一人の男が声を上げた。

「す、素晴らしい……素晴らしいですぞ!! 神竜の背に市場を作るなど、なんというアイディアだ。これで行き場をなくしていた我が領の鉱石の輸出先が……コホン。我々はより豊かな暮らしが送れる! エリーゼ殿下万歳!! ゼクス陛下万歳!! レヴィン殿万歳!!」

真っ先に賛同の意を示したのは、なんとボードウィン公爵だった。

しきりに自らの髪を撫で、周囲に呼びかける。

「争いをやめ、新たな秩序の芽吹きに協力いたしましょう!! 我々は神竜の力で一つになるのです!!」

いっそ清々しいほどの手のひらの返しっぷりだ。

しかし、他の者たちも同じ考えのようだ。

「も、もちろんですとも! これほどのビジネスチャンスを前に、戦争なんてくだらないことです。我々も力を貸します!!」

両国の貴族たちの心が一つにまとまった。

どうやら、これで和平交渉は上手くいきそうだ。

それに、リントヴルムも存在感を発揮し、国家として認められるための土壌ができた。

これなら、みんなが大手を振ってリントヴルムの背で暮らせるようになるだろう。

「ゼクス、エリーゼ殿下もありがとう。これで――」

「ママッ、危ない！」

二人に礼を言おうと振り向いた瞬間、エルフィが鋭く叫んだ。

「え……？」

次の瞬間、俺の頭上目がけて、まるで光の柱のような、巨大な深紅の熱線が降り注いだ。

凄まじい速度で迫る魔力の奔流を前に避けようもなく、死を覚悟したその瞬間――

「させない!!」

俺の身体が持ち上げられる。瞬時に【竜化】し、翼を生やしたエルフィが俺を逃がしたようだ。

同時に、招待客たちをかばうように、アリアの大盾とエリスの大剣が熱線を防いでいた。

アリアとエリスが裂帛の気合いと共に得物を振るうと、熱線が逸らされ市場の壁に直撃する。

「あああ！！！　私の芸術がぁあああああああ！！！」

「ひえええええ!?　敵襲!?」

アントニオとゼノンさんが騒いでいるが今はそれどころではない。

「私のブレスを防いだ……？　それに、こんな空の上に転移してるなんて、予定と違う……」

しばらくして、市場の上空に、竜の翼を広げた赤い髪の少女が舞い下りた。

「なんで君が……」

見覚えのあるその姿に俺は絶句した。

「どうして、あなたが……？」

一方、少女もまた、俺を見て言葉を失っていた。

竜の鱗で覆われ、鋭い爪が伸びた手足。服から覗く素肌はおろか、顔に浮き出た黒い痣。

より禍々しい姿だが間違いない。

以前、森の中で出会った神竜の少女だ。

「ママ……どういうことなの？　あの子は……」

状況が飲み込めていないのは、エルフィも同じようだ。

呆然と立ち尽くしていると、アリアが俺たちの前に出て大盾を構えた。

「レヴィン！　ゼクス陛下とみんなを連れて地上に戻って!!」

アリアの指示で我に返る。

「……分かった！　エルフィ、考えるのはあとにしよう。すまないが、今はみんなを頼む！」

「うん……まずはママを、みんなを守らないと……!!」

「俺はルーイたちを喚ぶ。だから、三人とも無茶はしないでくれ」

相手は神竜だ。戦力はあるに越したことはない。

【魔獣召喚】で、ルーイをはじめ、ヴァルキリー三姉妹やエーデルといった、戦闘が得意な仲間を喚び出す。次いで、機動力のあるグリフォンのヴァンと配下のワイバーンたち、戦闘力が低いフィルミィミィやカーバンクルのエスメレには、来賓を逃がすサポートと都市で暮らしているみんなへの伝令を頼んだ。アーガスと猩々たちも、避難を手伝ってくれている。

ゼクスとエリーゼ殿下たちを先に行かせ、俺は殿を走る。

背後から凄まじい衝撃音が聞こえてくる。

S級の天職を持つ者同士の戦いは、天地を揺るがすほどに凄まじい。この神竜との戦いも、まさにそういうもののようだ。

俺たちは転移門の中に飛び込んだ。

しかし……

「キシャアアアアア!!」

門を抜けた先、ウィンダミア王城の広場にも予期せぬ襲撃者がいた。

「ワイバーン……!?　どうしてここにも……」

俺たちの仲間とは、体表の色が少し違う。

その目は真っ赤に染まっており、正気を失っているように見えた。

「キシャアアアアア！！！」

咄嗟に剣を抜き、襲いかかるワイバーンの一匹をどうにかいなす。

しかし、相手は飛竜だ。たった一撃で、腕に激しい痺れが走った。

「俺じゃ、守りきれない……！」

仲間の力を借りることはできても、俺自身にはなんの力もない。それが口惜しい。

「レヴィン様。ここは私にお任せを」

そんな時、アーガスが声をかけてきた。

「森が瘴気に覆われ、住む場所をなくした私たちに、あなたは居場所をくださいました。今こそ、恩を返す時でしょう」

アーガスが杖を前に向けると、ワイバーンたちに極太の光線が放たれた。

「ギャアアア！！！」

その光に呑み込まれて、何匹かが撃ち落とされる。

「猩々たちと共にある私の魔力は無尽蔵です。撃退して見せましょう」

アーガスが立て続けに光の弾を放つ。

ワイバーンたちが逃げ出すが、砲撃はくるりと曲がり、逃げる彼らを自動で追撃した。

「さあ、皆様は安全な城内にお逃げください!! ここは私が……フハハハハ！！！！」

なんだか気分が乗ってきたのか、高笑いをしながら、アーガスが襲撃者を撃ち落としていく。

「おっと、ご安心ください。命は奪っておりません。彼らを消耗させているだけですので!!」

ワイバーンたちは、無理矢理暴走させられているようだから、そうしてくれるのは、大変ありがたい……

しかしアーガス、こうやって護送中のドルカスを攫ったんだろうな……

俺は他のみんなと共に王城を目指す。

「ゼクス、アーガスが敵の目を眩ませてくれている。この隙に城内へ逃げよう。ユーリ殿はエリーゼ殿下を頼みます」

「もちろんです。護衛として、必ず殿下を守り抜きましょう」

しかし、伏兵はまだいた。

「レヴィン、ワイバーンというのはこんなにたくさんいる生き物なのか……？」

「まさか！　いくらなんでもこの数はおかしい！」

ワイバーンは国が育成したとしても、数十匹保有するのがやっとの魔獣だ。

なんでこんなに多いんだ⁉

これではアーガスの奮闘も間に合わない。

「ここは私が……」

ユーリ殿が剣の柄に手を伸ばす。

「ゼクス、ここはユーリ殿に任せよう」

「その通りです、陛下。御身(おんみ)を危険に曝(さら)すわけにはまいりません」

俺の言葉に被せるように、転移門がある方向から声がした。

声の主が天高く跳躍し、凄まじい衝撃と共に俺たちの眼前に着地する。

「かつて追放された王城に、こうして戻ってくるとは。運命とは数奇なものですね」

俺たちの前に現れたのは、ギデオンだった。

なぜか執事服を脱ぎ、上半身裸の彼が鍛え上げられた肉体を見せつけるかのように堂々と佇んでいる。

「事情はフィルミィミィさんから聞きました。増援は私一人ではありません。ここにいる方々は、我々がお守りしましょう」

続けて、ギデオンの周りに猩々たちが次々と出現する。

「私もテイマーの端くれですからね。アーガス様と契約を共有して、このように猩々たちの仲間を【召喚】することも可能なのです」

もはやパワータイプのテイマーとなった、ギデオンが語る。

「オデタチ、猩々ノ精鋭。コノ場ニイル、誰一人トシテ傷ツケサセハシナイ」

確かに、並の猩々よりも一回り大きい。

「猩々か……パーティー会場でも目にしたが、この状況ではさらに心強いな。だが、そちらの男性も……猩々？」

ユーリ殿が、奇妙なものを見るような目でギデオンを見ている。

「彼については突っ込むだけ無駄です」

「……承知した」

直後、ユーリ殿とギデオンが地面を蹴って、ワイバーンに向かって飛び上がった。

「破ッ!!」

ギデオンは拳で、ユーリ殿は目にも留まらぬ剣撃で、次々と目の前の敵を蹴散らしていく。

心強い助っ人のおかげで、俺たちは王城へ避難することができた。

「さて、ここまで来れば安全だな」

パーティー会場に戻った貴族たちが胸を撫で下ろす。

「ふぅ……まったく、酷い目に遭ったものだ。あの赤い竜の少女は何者だ？」

「まさか、これもエルウィンの陰謀か!?　結局、神竜の力を使って侵略するつもりなのだろう！」

一部の貴族たちが言い合いを始めている。

確かに、襲撃を受けたとなれば、そう考えるのも無理はないが……

ゼクスとエリーゼ殿下と一緒に場を収めようとした、その瞬間だった。

俺の胸が激しく痛み出した。

「うっ……あ……がぁああああ!!」

「レヴィン様!?　どうしたんですか!?」

エリーゼ殿下に返事をする余裕もない。

契約した魔獣の命が脅かされた時、テイマーには彼らの苦しみが伝わってくる。

つまり、エルフィたちが……

「……リントヴルムの背に戻る」

「待て、レヴィン。それは無茶だ」

ゼクスが引き留めるが、俺はその手をゆっくりと離した。

「来賓の避難は終わった。アーガスたちのおかげで、王城の外も多分収拾がついてるはずだ。なら、俺は仲間のもとに行かないと……みんなが危ないかもしれないんだ」

もちろん、俺なんかに手伝えることはないかもしれない。

……だけど仲間が危険な目に遭っているのに、安全なところでじっとしていることはできない。

「私たちも同行しましょう」

いつの間にか、会場にやってきていたアーガスが申し出た。隣にいるギデオンも静かに頷いている。

「私たちも竜大陸で共に暮らす仲間なのです。あなたに戻る理由があるように、私にもそうする理由があるのです」

「アーガス、ありがとう……」


俺たちは転移門を通り、リントヴルムの背に戻った。

しかし、その先では信じがたい惨状が待っていた。

「そんな……」

崩壊した市場の中、アリアとエリス、ルーイたちが倒れている。

「はぁ……はぁ……手こずらせる……」

赤い髪の神竜の少女がエルフィの首を掴み、ギリギリと絞め上げた。

「っ……ぁ……」

たった一人の相手に、仲間たちは全滅させられていた。

「私はあんな目に遭ったのに、どうしてあなたは……」

聖獣とS級天職がいてもなお、目の前の相手は強すぎた。

少女はエルフィしか見えていないようで、こちらに気付く様子はない。

俺はアーガスの前で膝を折った。

「……すまない、アーガス。力を貸してくれないか？　みんなをどうにかここから逃がしたいんだ」

「もちろんです、レヴィン様。頭を上げてください」

あっさり承諾すると、アーガスは赤髪の神竜に向けて砲撃を放った。

「っ……!?　何!?」

アーガスの攻撃はあっさりとかわされたが、少女はエルフィを手放した。

その隙をついて、ギデオンがアリアたちの救護に向かう。

「皆さんは私にお任せを……！」

ギデオンはアリアやエリスたちを抱えると、即座にその場から離脱した。

気絶しているが、命に別状はなさそうだ。

「邪魔をしないで……!!」

神竜の敵意がこちらに向いた。

そして、凄まじいスピードで飛翔し、爪を振るった。

「させません!!」

その攻撃は、アーガスが展開した障壁に防がれる。

「赤い神竜は引き付けておきます。レヴィン様、あなたはエルフィ様のところへ……！」

俺は地面に倒れているエルフィに駆け寄った。

「エルフィ‼」

「マ……マ……？」

エルフィの怪我は、アリアたちのものよりさらに深い。

「大丈夫だ。すぐに治療するからな」

エルフィを抱き起こした瞬間――

「どうして……どうして、あなたばかり優しくしてもらえるの？」

俺の背後に神竜の少女が立っていた。

右手で傷ついたアーガスを引きずっている。

「私とあなた、何が違うの……！　どうして私だけ苦しい目に遭うの……‼」

アーガスを投げ捨てながら少女が呟く。

どこか陰がありながらも優しい少女の瞳は、激しい憎悪に染まっていた。

「でも、それも今日で終わり。あなたを連れて帰れば、私も……ママも、苦しまなくて済む！」

少女が赤く輝く禍々しい剣を生成し、握りしめる。

「待ってくれ！　君は森で会った子だよな⁉　どうしてこんなことをするんだ……‼」

エルフィをかばいながら、俺は問いかけた。

「あなたのことは覚えてる……あのサンドウィッチ、とても美味しかった。だから、傷つけたくな

い。そこをどいて」

そう言って、剣をちらつかせる。

まともに喰らえば命はない。だが、それでもここから離れるわけにはいかない。

「エルフィは俺の大事な娘だ。どくわけにはいかない」

「っ……どうして、どうしてその子なの!! 同じ神竜なのに……」

少女が唇を噛みしめると、彼女の激情に呼応するように、禍々しい魔力が放出された。

やはり、彼女には何か事情があるようだ。なんだ……一体何がこの子を……

その時、エルフィが俺の身体を突き飛ばした。

「駄目……だよ。このままじゃ、ママまで……」

残りわずかな力を振り絞ったのだろう。エルフィが、気丈に微笑んだ。

好機とばかりに、神竜の少女が剣を振り上げた。

「やめろぉおおおおお!!」

俺は駆け出した。

折角エルフィが助けてくれたのに、それを無下にすると知りながら、振り下ろされる剣の前に身を躍らせ、愛娘に覆いかぶさる。

エルフィが守ろうとしてくれたように、俺だって、彼女を守りたかった。

「……なっ!?」

少女が驚いたような声を微かに漏らした数瞬の後、背中に激痛が走った。

「ぐぁあああああああああ！！！！」

堪らず絶叫する。だが、それでもエルフィだけは守ろうと俺は強く彼女を抱き締める。

「ママ……!! どうして……!?」

何とか抜け出そうと、腕の中でエルフィがもがく。

「私なんか放って逃げて!!」

「何……言ってるんだ……俺がエルフィを喚んだんだ……親が娘を守るのは、当たり前だろう？」

激痛に耐えながら、エルフィの頭をそっと撫でる。

「覚えてるか？ 俺たちが……初めて出会った時も、こうしてかばったんだぞ？ あの時よりずっと痛いけど……これくらい、平気だよ」

手元が狂ったのか、致命傷になるような一撃ではなかった。

しかし、得体の知れない何かが身体を蝕むような、そんな不快感が背中の傷を伝っていた。

さすがに、もう動けそうにない。

本当はかっこよくエルフィを抱えて逃げられればよかったんだけど、上手くいかないものだ。

「ち……違う……私はあなたを傷つけるつもりなんて……」

少女が剣を落とす。

「分かって……るよ。君は優しい子だった。前も俺を助けてくれて……」

今の様子で確信した。

少女は望んでこんなことをしてるわけじゃない。この子を助けたい……だがどうやって？

背中から大量の血が流れているせいか、考えがまとまらない。意識が薄れていく……

「……どうして、そうまでしてかばうの⁉」

「娘がこんな目に遭ってるのに、何もできない親になりたくなかったんだ。それに……」

俺がエルフィを連れて逃げ出すのは無理そうだが、この行動は決して無駄にはならないはずだ。

「うちのエルフィは、食べざかりの元気っ娘なんだ。だから……時間を稼げば、ここから逃げ出すくらいの体力は取り戻すはずだ……」

そのためなら、命だって惜しくはない。

「っ……そんなの……そんなのずるい‼」

再び神竜の少女が剣を取り、振り上げた。

せめてエルフィだけでも逃げ延びてくれたら……ひたすら祈るのみだ。

剣先が迫る。俺が目を閉じようとした瞬間――

「駄目ええええええええええ！！！」

エルフィが叫ぶと、眩い青光が俺と彼女の身体を包み込んだ。

「な、なんだ……これは……？」

光が身体に浸透していくにつれて痛みが消え、意識がはっきりとしていく。

それどころか全身に力がみなぎってきた。

「私の攻撃が阻まれた……⁉」

そういえば、背中に一撃をもらったはずなのに、痛みを感じない。

立ち上がろうとして、自分がとんでもないことになっているのに気が付いた。

俺の腕を竜の鱗が覆っている……恐る恐る背中を触ると、モフッとした感触があった。エルフィと同じ、翼が生えている。

なんと身体の一部が【竜化】していたのだ。

信じられない状況だが、不思議と納得できる。

「アーガスがでたらめな力を使っているのを見た時は、なんの冗談かと思ったが……そうか、これが相棒の力を借りるって感覚なんだな」

今、俺とエルフィの繋がりは、より強固なものになった。

身体の底から力が湧いてくる。恐らく、神竜としてのエルフィの力を借りているのだろう。

「ママのその姿、どうして……？　私の身体も、凄く軽いの……！」

いつの間にか、エルフィが立ち上がっていた。

怪我はすっかり治り、今はピンピンしている。

繋がりが深まったことで、お互いに力を高め合う状態になったのかもしれない。

「どういうことなの!?　あんなに痛めつけたのに……！」

少女がたじろぐ。動揺するのも当然だ。

瀕死の状態の二人が、こうして立ち上がり、自分に立ち向かってくるのだから。

「聞きたいことがある。どうして俺たちを襲ったんだ？　何か事情があるんだろう？」

目の前の少女からはエルフィに対する憎悪と一緒に、切実さを感じるのだ。

話しぶりからも、彼女を追い込んでいる黒幕がいるように思える。

「っ……」

少女が言葉に詰まった。

気になるのは彼女の痣だ。今も、彼女の激情に呼応するように赤く輝いている。

神竜に襲われたというデルフィナスも似たような痣があった。あの痣は猩々の森を襲った瘴気と同種の呪いだった。

彼女のこれも関係があるんじゃないか……？

「もし苦しんでるなら、こんなところで戦う必要は――」

「うるさい!!　あなたに何ができるの……!!」

俺の説得を遮り、少女が再び剣を構えて斬り掛かってくる。

止むを得ず俺は剣を抜き、その攻撃を防いだ。

「その子を連れて帰れば、私とママは解放される。だから邪魔しないで!!」

アリアたちとの戦いで疲弊しているのか、俺でもなんとか凌(しの)げる。

剣を振り抜いて、少女を弾き飛ばす。

「エルフィ、あの子を捕まえよう。一度落ち着かせて、話を聞かないと」

「うん。私も知りたい。ずっとどこにいたのか、一体何があったのか……」

エルフィにとっては、ついに見つけた神竜の仲間だ。聞きたいことは山ほどあるに決まっている。

俺は赤い髪の少女に向かって歩いていく。すると……

「それはやめてもらおうか」

目にも留まらぬ速さで、黒い斬撃が飛んできた。

「っ⁉」

咄嗟に剣で防ぐもいなしきれず、弾き飛ばされてしまう。

「スピカが力負けするとは、かなりの膂力だな……だが、鍛錬が足りない」

漆黒の長剣を携え、フードを目深にかぶった人物が、俺と少女の間に割って入った。

仮面を付けていて、正体は窺えない。

声からして、恐らく男性か。

「お前は一体何者だ……⁉」

「答える義理はない。私はただ、そこの竜を回収に来ただけにすぎない」

「それなら力尽くで聞く……！」

【竜化】して竜の姿に変身したエルフィと共に、謎の男に肉薄する。

しかし、俺たちの攻撃は一刀のもとに斬り伏せられた。

「まだ力の覚醒は進んでいないか。同じ神竜でも環境で差が出るようだ」

男が素っ気なく呟いた。

「お前が、その子をそんな目に遭わせたのか？」

「……そうだ。私がやったことだ」

俺は怒りを剣に乗せて男に斬りかかる。

この女の子に何が起きたのかは分からない。だが、苦しみながら、俺たちを憎むようになったのには、理由があるに違いない。

目の前の男はその元凶だという。

ならば、なんとしてもこの男が少女を連れ去るのを阻止しなくてはいけない。

「言っただろう。鍛錬が足りないと」

しかし、俺の剣はあっさりと宙を舞った。

「今日の成果は十分だ。戻るぞ」

「だけど……そこの子がいれば……!!」

「そちらはあくまでもおまけだ。我々が逆らえる立場だと思っているのか、スピカ」

男は有無を言わせぬ圧を発して、少女を黙らせた。

先ほども言っていた「スピカ」……それが彼女の名前か？

「いずれ、また会う機会があるだろう。その時までに、もっと上手く力を使えるようになっておくことだな」

男がそう言うと、赤髪の少女がモヤモヤとした黒い渦を生成した。

転移門を通る時に見る、星河のトンネルとよく似たものだ。

「ま、待て!!　このまま逃がすか……！」

伸ばした右手が男を掴む前に、二人は消えてしまった。

第四章

「……」

謎の襲撃者が現れた翌々日のこと、エルフィはほとんど口も利かずに市場を見上げてはボーッとしていた。

破壊された市場は神樹の力であっという間に修復できた。それでもアントニオの憤慨っぷりは相当なものだった。

ただ、一部の商品には損害が出てしまった。

メルセデスさんたちに謝罪したら、「商売にリスクは付き物だ。みんな多少は覚悟しているから、心配することはないよ」と言ってくれたが……

「エルフィ、ここにいたんだな。調子が悪いのか？　いつもは七本食べるバゲットも、今日は三本だけだったし」

大食いのエルフィにしては、異例のことだ。

「……あのスピカっていう神竜のことで悩んでいるのか？」

「うん……スピカ、苦しんでた……アリアやエリス、それにママまで傷つけて許せない。だけど、あの子には私の知らない事情があったんだ。私がもっと早く召喚されていたら、こんなことにならなかったのかな……？」

　俺はエルフィの側まで行くと、そっと頭を撫でた。

「偉いぞ、エルフィ」

「偉い……？　どうして？」

「あの神竜は悪いことをした。だけど、ただ怒るんじゃなくて、事情まで考えてあげられるんだな」

「そういうものなのかな……でも、あの子が困ってるなら、なんとかしたい」

「ああ。俺も同じ気持ちだよ」

　それにしても、あの仮面の男は何者なんだろう。

　どういう目的かは知らないが、あいつが少女を無理矢理従わせているのか……？

「レヴィン、こちらだったか」

　いつの間にか、ゼクスがリントヴルムにやってきていた。

　そして、市場を見上げると盛大なため息を吐いた。

「やれやれ……大変なことになったものだな」

　眉間の皺はいつもの三割増しだ。

　そろそろ皺が跡になって、元に戻らなくなるのではないだろうか。

「折角の誕生会が台無しになったからな……エリーゼ殿下には申し訳ないよ」

「もはや和平交渉どころの話ではない」

あんなことの後では仕方がない。

当の市場が襲撃されたのだから、参加者たちが及び腰になるのも当然だ。

すぐに中止とならなかったのは、ゼクスとエリーゼ殿下の必死の説得あってこそだ。

「それにレヴィン、私たちの心配をしている場合ではないぞ。なにせ、今回の襲撃者は神竜と目されているのだ。当然、誰が差し向けたのかが問題になる」

「もしかして、《聖獣使い（ホーリーテイマー）》の俺が疑われているのか？」

「そうだ。何せ、神竜を連れた人間など、世界広しといえど君しかいない。参加者の多くが君を疑っていてな……」

確かにゼクスの言う通りだが、そう言われても困る。

そもそも、俺にはあの場で市場を襲撃させるメリットがないのだから。

「ん、待てよ……」

そこで一つ、ある考えが浮かぶ。

「俺には竜大陸を襲撃するメリットはない。当然ゼクスや、エリーゼ殿下にだってないよな？」

「そうだ。我々はこの構想をきっかけに、両国の和平を成立させようと考えていた。それは、クローニアの現国王の意志でもあったはずだ」

今回の事件の背後には、和平や市場で得られる利益よりも、それらを台無しにすることで生まれる何かを望む者がいるはずだ。

「ぬおおおおおおおおお、頭が痛い……!!」

突然、ゼクスが叫び出す。

この事件の背景について、うっすらと察しているのだろう。

「神竜の少女は襲撃の際、『予定と違う』と言っていたことを覚えているか？　恐らく、あの襲撃を企図した者は当初、パーティーを台無しにするつもりだったのだろう。しかし、私たちがサプライズで世界市場の構想を発表して竜大陸に移動したうえ、和平がまとまりかけてしまったため、予定を変更せざるを得なかった」

「つまり、少女の背後には黒幕がいて、それは今回の構想を知らされていない人物だって言いたいのか？」

この構想を知っていたのは、俺と竜大陸の仲間たち、ゼクス、エリーゼ殿下、メルセデスさんたち商人だ。そういうことなら彼らは除外していいだろう。

まあ、ドルカスだけは俺たちの構想を妨害する理由はありそうだが、今更神竜を従える手段や、人脈を持っているとは思えないし、無視していいだろう。

「つまりはそういうことだ。実はエリーゼ殿下がクローニアの主戦派を疑っているようなんだ。彼女は竜大陸に招いた商人以外には、誰にも構想の件を相談しなかったそうでな……たとえば、パーティー会場で騒いでいたボードウィン公爵などは怪しい」

ゼクスはそう言うが、ボードウィン公爵は襲撃の直前、俺たちの構想に賛同していた。

恐ろしいほどの手のひら返しであり、いっそ感心したぐらいだ。

「なんというか、自分の利益に聡い人っぽかったから、違うと思うけどな」

「そうだな。あくまでも候補の一人だ。和平に反対する勢力は他にもいる。だが問題は、その彼らが神竜を使役できるとは、到底思えないことだ」

「確かに……そもそも、このリントヴルムも地下深くの遺跡に封印されていた。その遺跡は俺たちの力じゃどうあがいても開けられないみたいだし」

あの少女はどこにいて、どういう経緯で襲撃に至ったのだろうか。

「それについては、私がお答えしましょう」

聞き慣れた声と共に、執事服姿の初老の男性が姿を現した。

「ふふ……この姿でご挨拶するのは初めてですかな？」

「リントヴルム!!」

エルフィが声を上げる。

「改めまして、私の名はリントヴルムでございます。主殿におかれましては、都市の復興にご尽力いただき、誠にありがとうございます」

「リントヴルムって、あのリントヴルムだよな……？」

頭が混乱する。

竜大陸を背負った巨大な竜がリントヴルムだ。

彼は今も空を飛んでいる。それなのに、目の前の男もまた、リントヴルムだと言う。

……どういうことだ？

「簡単にご説明しますと、主殿の力が高まり、私の失われた能力が戻ってきたのです。ゆえに、こうして人の姿をとることができるようになりました。私は今、空を飛ぶと同時にこうして主殿の目の前に立っているのでございます」

……そんなことが可能なのだろうか。

器用という言葉では言い表せない、次元が違う話だ。

「まあ、私のことは置いておき、姿を消した同胞たちについてお話しいたしましょう。これは私が力を失っていたことにも関係があるのです」

「俺、リントヴルムは今でも凄く心強いと思ってるんだが、まだ本調子じゃないのか？」

「はい。以前、私は二振りの聖剣を操るクローニアの青年騎士……《剣皇》に、対抗できませんでした。全盛期であればあの若者にも引けは取らなかったでしょう。実に悔しい!!」

拳を強く握ってぷるぷると震わせながら、リントヴルムが唇を噛む。

今まで言わなかっただけで、どうやら、結構な負けず嫌いのようだ。

「ちなみに、私の身体、竜大陸だってまだまだ大きくなりますからね？」

そういえば出会ったばかりの時にそんなこと言ってたな……

今ですら探索しきれないほど広いのに、これ以上力を取り戻したらどうなるんだろう。

「話を戻しましょう。かつて、我々神竜族は、ある大きな戦いに身を投じ、この背に住む全ての竜たちが戦いに出向きました。お恥ずかしい限りですが、その最中、私は力尽き、あの遺跡で眠りにつきました。その後、他の仲間たちは、地上の各地に散らばり、眠ることを選んだようなのです。私と同様、遺跡などに身を潜めるようにして……」

この都市を復興させる中で、エルフィとリントヴルム以外の神竜族は見たことがなかった。

「つまり、あの少女は地上で眠った神竜族の一人なんだな」

「はい。何者かが、なんらかの手段で彼女たちの封印を解いたのでしょう。私の記憶が正しければ、エルウィン王国の……現在ではラングランと呼ばれる場所へ出向いた一家がいたはずです」

「ラングラン……ドレイクの領地か」

神竜のものと思しき力を振るっていたドレイク。その地に眠っていたらしき神竜……どうやらいろいろなことが符合しそうだ。

それらの話を聞いて、ゼクスが口を開く。

「なるほど。どうやら、ラングラン領を今一度、調査する必要があるようだな。そうなるとシリウス殿に話を通す必要があるのだが……」

「それなら大丈夫だよ。シリウスはこの間、俺にヒントをくれたんだ。かつてラングラン領に神竜がいたんじゃないかって……独自で調査すると言っていたけど、ゼクスが手伝ってくれるなら向こうも断らないと思う」

「もちろんだよ」

タイミングを計ったかのように、シリウスがやってきた。

「ここは空の上の竜大陸だぞ……!?　どうやって入って来たんだ？」

現在、転移門は許可された特定の人物しか通れないようになっているのだが……

「父のワイバーンに乗ってきたんだ」

シリウスが天を指差すと、上空を旋回（せんかい）していた黒いワイバーンがこちらにやってきた。並のワイバーンよりもかなり屈強で大型の個体だ。

人懐っこいようで、シリウスに撫でられて嬉しそうにしている。その様子だけでも、かなり大切に育てられたことが分かる。

しかし、あのドレイクのワイバーンというのはかなり意外だ。

「直接ご挨拶するのは久方ぶりですね、陛下。過日は父の蛮行を知らせてくださり、ありがとうございました。そしてこの度は、王位の継承おめでとうございます。心より言祝（ことほ）がせていただきます」

「ああ、ありがとう。だが、私は……」

「父の件はお気になさらず。悪いのはあの人です……実は、私が留学に出た後、父が何をしていたのか痕跡（こんせき）を探していました。もうしばらくしたら、詳しくご報告できるかもしれません」

丁寧な所作で頭を下げたシリウスが、ゼクスに告げる。

「それにしても、随分といいタイミングで登場したな」

「うん。君と陛下たちの話を陰でこっそり聞いてたからね」

盗み聞きとは、いい趣味だ。

「それならば、シリウス殿の調査報告を待って、現地に向かうとするか……っと、そうだ、レヴィン。一つ頼まれてくれないか？」

「できることならいいけど……」

「エリーゼ殿下を匿ってほしい」

「殿下を……？」

「昨日、あんな事件があったばかりだ。ユーリ殿が側に付いているとはいえ、用心するに越したことはない。『クローニアの主戦派が怪しい』と言い出したのにも、何か事情を感じるんだ。幸い、君とエルフィはあの神竜を撃退したわけだし、少なくとも地上にいるよりは安全だろう」

フードの男は凄まじい力の持ち主であった。また、現れた時に大人しく退いてくれるかは分からない。

逡巡していると、シリウスが口を開いた。

「何事にも絶対なんてものはないわけだし……あのお姫様は、神竜の背中に興味津々の様子だった。気丈に振る舞っててもやっぱり不安だろうから、ここで観光させてあげたらどうだい？」

確かに、彼の言うことにも一理ある。

「分かった。任せてくれ」


その日の午後、俺たちはリントヴルムにエリーゼ殿下を迎えた。

俺の家族や仲間、ルミール村の人たちがみんな集まり、盛大に歓迎する。

「それでは、皆さん。よろしくお願いします!! あ、折角お世話になるんだから、私もここで精一杯働くね。だから、あまり堅苦しくしないでくれると嬉しいかな」

フォーマルなドレス姿とは打って変わって、エリーゼ殿下は髪を二つに縛り、ベレー帽に丸メガネのワンピースドレス姿という、カジュアルな装いに身を包んでいる。

話し方も気さくになって、まるきり普通の女の子だ。

「ユーリ・ルベリアだ。姫様の護衛を務めているが、影のようなものだと思ってくれ」

ユーリ殿は相変わらず、最低限のこと以外は関わるつもりはなさそうな近寄りがたい雰囲気だ。

「それでレヴィンさん。神竜の都市を見て回ってもいいかな？　あ、もちろん、国家機密とかだったら遠慮するけど……」

「いえ、そういうのは特にないので……」

神竜文明の技術は隠すようなものではない。仕事に戻ったみんなと別れ、俺は早速エリーゼ殿下とユーリ殿を案内することになった。

市場がある都市の入口を見て回り、そこから長く延びるメインストリートを通って神樹の方へ向かう。通りにはアントニオがデザインしたルミール村の人たちの家がズラッと立ち並び、脇道に逸れると郊外の農場へと繋がっている。

ちなみに猩々たちが暮らす区画は、ここから少し離れたところにあり、こうした町並みと自然が融合した幻想的な空間になっている。

「はぁ……はぁ……とてもおしゃれな町並みですね」

ぜえぜえと肩を上下させながら殿下が感想を述べる。

「ええ、天才建築家の仕事ですから」

アントニオはこだわりが強いところはあるが、その腕は一流だ。

まだまだ住人の数は少ない町だが、こうして歩いているだけで心が洗われる。

しかし、エリーゼ殿下は随分とお疲れのようだ。

「少し休憩しますか？」

「い、いいのかな？　それじゃ、お言葉に甘えて」

しかし、ここは道の真ん中で休憩できるような場所は……と思っていたら、突然、休憩向きな噴水広場が出来上がった。

「一般的な人間の体力というものを失念していた。何せ、ここにいるのは聖獣や農作業に慣れた体力自慢や、S級天職を持つような強者ばかりだ。休憩スペースが頭から抜けていたのは、一生の不覚だ……というわけで【設計・開発】及び【製造】してみたのだが、いかがだろうか？」

いつの間にかアントニオが目の前にいた。

「紹介にあずかった天才建築家のアントニオだ。よろしく頼む」

「まあ、アントニオさんが建築家だったのね。晩餐会ではフォローしてくれてありがとう！　町並みもとても綺麗で感動したよ！」

仲良く二人で挨拶を交わしている。

「アントニオ、なんというか奇遇だな？」

この広い都市で偶然出会うなんてなかなか珍しい。

「いや、実はずっと尾けていたんだ。何せ、初めて町を訪れた者のフィードバックは貴重だからな。折角だし、様々な使用感を聞くつもりだった」

普通についてきてくれればよかったのに……

「居住空間のデザインはほぼ終わった。次の課題は水道をはじめとする都市機能の充実だ。地上の国を治める王族の一員として、様々な意見を聞かせてくれると助かる」

「えっと、私なんかが口を出してもいいの？」

「無論。建築家たるもの、様々な視点を持つことは重要だ」

うーん。それにしても、二人とも物怖じしない性格だ。

「そうだなあ。やっぱり、交通の問題は重要だよね。クローニアの王都では、乗合馬車を用いてるし、これほど広い町であればなおさら必須かなって」

「確かに。そこは課題であるな。だが牧畜はこの竜大陸では行っていないため、馬がいないんだ。自走する馬車という技術も研究中で、実現していないしな……」

「待って！　あなたも自走車の研究をしてるの？」

「むっ。あなたもということは、もしや……」

「そうなの！　自走車は無人で動かすための制御装置がなかなか難しくて……」

「ほう？　クローニアの王女は魔導具の技術に詳しいと聞いたが、自ら研究を？」

「まだまだ未熟ですけど、それなりには!!」

なんだか意気投合している。

王女様と猩々の建築家……随分と、妙な組み合わせだ。

それから二人は、なんとその場で都市内の交通網を整えるための新技術開発に乗り出した。

俺が【仮想工房】で高次空間を作り出すと、ずっと黙っていたユーリ殿がわずかに目を見開いた。

さっきの広場の【製造】だって、普通は驚くはずなんだよな……ただ、エリーゼ殿下は研究に夢中になってしまっているようで、気にも留めない。

アントニオと共に【設計・開発】を楽しんでいる。

「なるほど、都市中を線路と呼ばれる通路で結び、その上に自走車を走らせるのか」

「そうなの。クローニアでは設計まではできてたんだけど、一つ完成させるのにも莫大な予算と時間が必要で……」

しかし、その課題は、都市の機能を使えば問題ない。あっという間に試作品にこぎつけた。

課題となっていたのは、任意のタイミングで自走車を走らせたり止めたりする技術だった。人力で制御することは可能らしいが、人手の少ないこの都市で運用するのは難しい。

そこで、俺は都市管理用の魔導具を使うことにした。

リントヴルム市管理局に、神竜文明の過去の技術を探してもらったのだ。

「これで、好きなタイミングで自走車を動かせるってわけだ」

試運転ということで、自走車用の線路をメインストリートに沿って敷いてみた。

俺たちが乗ると、任意の場所までしっかり動く。

これならすぐにでも実用化できそうだ。都市内の通行が格段に便利になるだろう。

「しかし、これは想像以上に便利だぞ……レヴィン殿、これこそ我々が求めていた輸送手段ではないか？」

「そうか。石切り場をこれで繋げば……！」

これまでワイバーンやデルフィナスに頼んで、たくさんの資材を運んでもらっていた。

それでも運べる量は多くなく、彼らの負担が気になりだしたところだったのだ。

「うむ。折角だし、より巨大なものを作ろう。現在の輸送量の十倍。いや、百倍は欲しい。そうすれば、レヴィン殿の城もあっという間に完成するだろう!!　フハハハハハ!!」

自走車の登場で、都市の開発はますます進むことになるだろう。

◆　◆　◆

エリーゼ殿下たちが竜大陸に来て数日が経過した。

アントニオの設計で、都市と湖沼地帯を結ぶ巨大な輸送車両が完成した。

俺はエルフィとエリーゼ殿下（当然ユーリ殿もいる）、そして普段は資材を切り出してくれている猩々たちを集めて、新たな輸送手段を披露することにした。

「ママ！　これは……何!?」

「凄イ!!　レヴィン様、コレハ一体!?」

エルフィと猩々たちが物珍しそうに車両を観察している。

まず目につくのは、その大きさだ。高さは俺の背の五倍以上はあり、横幅はそれ以上ある。

材質には都市で採れる金属が使われており、丸みを帯びた滑らかなデザインが特徴だ。

「驚いたか？　これは魔力で動く馬車みたいなもので、名は自走車と言うんだ。たくさんの資材を運べるようになってるぞ」

「凄イ!!　コレダケ大キクテ重イ塊ヲ動カスニハ、大容量ノ魔力コンデンサーガ必須。大気ヤ地中ノ魔力ヲ減衰サセルコトナク集メル技術ヲ確立サセテイルナンテ、サスガハ神竜!!」

「あ、ああ。神竜の文明は凄いよな」

「えっへん」

エルフィが得意げにしている。

それにしてもまいった。俺より猩々の方が仕組みを理解してそうだ……

「みんなには資材集めと運び出しで、かなり苦労させてるからな。これで少しは楽になるといいんだけど」

「気ニシナクテイイ。俺タチ、発想力ハソンナニダガ、力ト体力ニハ自信ガアル。適シタ人材ニヨル業務ノ分担ハ効率的」

「マネジメントってやつだね。仕事は得意な人に任せるのが一番だもの。私も戦いはユーリに任せてるんだ。才能がないからね……」

なんだか殿下が落ち込んでしまった。その側には、影のようにぴったりとユーリ殿が控えている。

「そ、そうだ。中を見てほしい。車両は、乗る人がくつろげるようにアントニオがこだわったんだ」

俺は猩々たちを自走車の中へ案内する。

内部はホテルさながらの贅沢な作りだ。

全席個室で、ふかふかのソファとベッドが備え付けられている。

調理場や、大勢で集まれる空間も用意しているので、ちょっとした旅行気分が味わえる。

ちなみに、調度品はゼクスからの贈り物だ。

「ウオオオオ！　ナンテ贅沢ナ!!　コレナラ、タクサン資材ヲ集メラレル。アントニオハ、チョット変ワリ者ダガ建築ノ才能ハ一流。アントニオノタメニモ、モット頑張ル」

「ドウヤラ喜ンデクレタヨウダナ」

「ママ、話し方が猩々たちの口調につられている」

おっと、いけない。

「レヴィン殿ノ家ノ素材モ集メル。ウオオオオオ!!」

みんなが席に着くと、自走車が動き出した。

今回、俺たちにはある目的がある。それは湖沼地帯にある水道橋の修理だ。

市場の件は保留で、農地の開拓も延期中だが、父さんたちはこれから畜産に挑戦しようと画策している。

都市に安定した水を供給するためにも、水道橋の修理は急務であった。

アントニオの見立てでは、水を汲み上げる魔導具が損傷しているらしい。

そこで修理をすると申し出たのがエリーゼ殿下だった。

彼女は魔導具に詳しく、水道橋にも興味津々だったので、試しに見てもらうことになったのだ。

「うーん。どうやら、魔力を伝える回路がところどころ損傷してるみたいだね」

水道橋に到着して二、三時間で、殿下は修理を終えた。

「都市に保管されていた資料を、リントヴルムさんに翻訳してもらって、なんとか復旧できたよ。それにしてもこの汲み上げ装置、凄いね！　大量の水を汲み上げるのと同時に、濾過と消毒もこなしてるみたい。私たちが生まれる千年以上も前に、こんな風に水を綺麗にする施設が出来上がってたなんて」

エリーゼ殿下は、興奮した様子で水道橋を眺める。

そこである疑問が浮かんだ。

「でも、これほどの文明を持つ神竜たちは、どうして眠りについたんだろうな」

「確か、伝説だと【覇王】の戦いに参加して……ってことになってたよね？」

覇王とは、魔族を率い、世界を支配していたという伝説上の人物だ。

その治世は弱肉強食で、人間は奴隷として支配され、より強い者を選別するために、剣闘士として戦わされていたという。

「覇王……私はよく知らないけど、その名前を聞いただけで身体が震える……」

エルフィが己の身体を抱き締めるようにして縮こまる。

女神に遣わされた卵から生まれた彼女は、千年前に生きていたわけではないらしい。

ただ、時折竜大陸の全盛期を知っているかのようなそぶりを見せるから、もしかしたらなんらかの形で仲間の記憶を継承しているのかもしれない。全然そんな感じがしないけど、神竜族のお姫様だって言っていたし。

「もしかしたら、本当に神竜たちも覇王と戦ったのかもしれないな」

覇王は、十二人の英雄たちの手で倒されたと聞くが、戦いの詳細は誰も知らない。

リントヴルムが言葉を濁したのにも、何か理由があるのだろうか。

気になるところだが、エルフィも知らないようだし、ひとまず置いておこう。

「これでようやく、都市に水を安定供給できます。本当にありがとうございました、エリーゼ殿下」

「……うーん。レヴィンさんはやっぱり固いなー。ゼクスくんには、あんなに気安い感じなのに」

「ゼクス……くん？」

なんだかかなり気さくな呼び方だ。前は陛下って呼んでたような……

「ん？　どうかしたかな？」

「えっと、ゼクスのこと、随分とフランクに呼ぶんですね」

「あっ、つい……昔の癖が出ちゃったみたい」

もしかして、意外と長い付き合いなのだろうか。

「ゼクスくん、昔はクローニアにいたからね」

それは初めて聞く話だ。

「十何年か前に、エルウィンの騎士団が国境近くの村を襲ったの。どういう経緯でそうなったのかは分からないけど、ドルカス様は『不幸な行き違い』だって主張した。そして『誠意』の証だって、

「ゼクスくんを人質に差し出したんだ」

うわぁ……本当にゼクスはろくな目に遭っていないものだ。

情緒が不安定なのも、多感な時期にそうした経験があったからかもしれない。

「私たちは、その時からの付き合いなんだよね」

しかし、そういう話だとすると、納得いく点がある。

今回、ゼクスは何かとエリーゼ殿下の側にいて、今後の構想を話し合っていたし、前に神竜の少女の襲撃を受けた時も、彼女を疑う様子はなかった。

長い付き合いだからこそ、ゼクスは殿下が和平を台無しにするようなことはしないと確信していたのだろう。

「ということで、私のこともゼクスくんと同じように扱ってね」

「……努力するよ。エ、エリーゼ」


その日の午後。

都市への水の供給問題は解決したが、ゼクスとシリウスからの連絡は相変わらずない。

その間、猩々たちは資材集めに精を出し、父さんや村のみんなは畜産の準備を始めている。

一方、アリアとエリスはというと……

「はぁあああああああ!!」

「てやぁああああああ!!」

都市の南にある開けた平野で、刃を交わしていた。

その度に大きな衝撃音が大気を震わせ、地面のあちこちにはクレーターが出来上がっている。

その様子を離れたところから見つめていた俺は、そっとため息をついた。

怪我が治ってからというもの、アリアたちはずっとこんな感じだ。

理由はなんとなく察している。あの神竜の少女の襲撃で、二人は敗北してしまった。

きっと、そのことが悔しかったのだと思う。

「二人とも根を詰めすぎてる」

毎晩へとへとで帰ってきては、夕食を食べ、泥のように眠る。

そして、早朝に起き出して、都市周辺のパトロールへ向かい、それから気が済むまで鍛錬に打ち込むのだ。

「アーガスも一体、どこに行ったのやら……」

彼もまた、姿を消していた。

一緒に暮らしているカトリーヌさんは「心配いりません」と言っていたが、救援を頼み、怪我をさせてしまった手前、どうしているのか気になる。

最近のアーガスにはかなり世話になっている。何事もなければいいが。

「俺だって、もっと鍛えないといけないよな」

あの戦いで、俺はエルフィとの絆を深めて、強い力を引き出すことに成功した。

だけど今度何かあった時に、みんなに頼ってばかりはいられない。

「それでしたら、いいご報告がございます」

「うおっ⁉　リントヴルム⁉」

俺の背後にリントヴルムが現れた。

突然のことに、ビクッとしてしまう。恥ずかしい……

「リントヴルム、声を掛ける時に驚かせるのはそろそろやめてほしいんだが……」

人の姿を動かせるようになってからというもの、リントヴルムは何かと俺たちの世話をしてくれている。家事全般が得意らしく、家族が増え、料理の準備をするのも一苦労な状態では、大変助かっていた。

彼は竜大陸上であればどこでも一瞬で移動できるそうで、こんな風に突然現れては、俺を驚かせるのだ。

「フフ、申し訳ございません。実は主殿にご報告がございまして。ちょっと、お耳を拝借（はいしゃく）」

リントヴルムがそっと耳打ちをしてくる。

「別に誰も聞いてないんだから普通に話せばいいのに」

「こうして主人に耳打ちするのは、執事っぽくありませんか？」

「いや、まあそうだけど、別に今はする必要がないからな」

リントヴルムは形から入るタイプらしく、人に仕えるなら執事だろうということで、今の格好をしているらしい。

執事についても勉強中のようで、とにかくいろいろな振る舞いを試したがるのだ。同じ執事服仲間のギデオンと話しているところをたまに見かける。

「さて、本題ですが、主殿のおかげで、私の魔力が回復しつつあることをお伝えしましたが、実は、新たなエリアが解放されているのです」

「新たなエリア……もともとこの大陸はもっと広かったって話だったよな」

「はい。今回解放されたのは都市の南のエリアです。こちらが湖沼地帯の大河川と繋がり、海になりました」

「海……竜大陸にも海ってできるのか!?」

いくらリントヴルムの背中が広いとはいえ、ここは空の上だ。

「それで、新たに解放されたエリアなのですが、強力な魔獣が闊歩（かっぽ）しておりまして……その討伐をお願いできればと」

強力な魔獣……それは、丁度いい。

エルフィと繋がることで目覚めた新しい力を、まだ使いこなせているとは言えない。

それなら、魔獣討伐で身体を慣らすのもいいだろう。

「ちなみに、景観には自信があります。気分転換と腕試しがてら、いかがでしょう?」

「気分転換か。これを機に羽休めしてもらうのもいいかもな」

こうして、俺たちは新たに解放されたエリアへ向かうことになった。

◆
◆
◆

翌朝。

「本当に海だ……」

エルフィとワイバーンに乗って、俺たちは南にある海へやってきた。

今ここに来ているのは、アリアとエリス、エルフィをはじめとするテイムした相棒たちだ。

強い魔獣がいると聞いていたので、俺の家族や村のみんなにはあとから来てもらう手筈になっている。

エリーゼとユーリ殿、カトリーヌさんたち猩々にも声をかけたのだが……用事があるらしく、丁重に断られた。デルフィナスたちも「先約がある」とのことで、この場にはいない。

先約ってなんだろう？

それにしても、綺麗な海だ。俺の知る海よりずっと澄んでいる。

「ねえ、レヴィン。あの海の向こうってどうなってるのかな？」

「確かに、気になるな」

見渡す限りの青い海の果てはなかなか見通せないが、いつかは竜大陸の端に辿り着くはずだ。

そこは一体、どうなっているんだろう。

「まさか、地上に海水を垂れ流しているわけじゃないよな……？」

リントヴルムが上空を通過したら地上は大洪水……なんてまったく笑えない。

「フフ。ご心配なさらずとも、地上に流しているわけではありませんよ。この大陸上でのみ、水を循環させているのです」

いつの間にか、リントヴルムが背後に立っていた。

「さて、皆様に討伐をお願いしたい魔獣は近くの森にいます。時折、海岸に出てきて危ないので、ある程度数を減らしていただきたいのです。その後はアントニオさんに協力を仰いで用意した、とっておきの宿泊施設がありますから、必ずこの海エリアに戻ってきてくださいませ」

リントヴルムと別れ、俺たちは森へ足を踏み入れた。

そこは、俺の背丈の三倍はありそうな巨大な魔獣たちが闊歩する危険な場所だった。

大きな牙(きば)を持った猪(いのしし)の魔獣であるタスクテラーに、以前俺を襲ったレイジングタウルス……凶暴な魔獣が多すぎないか？

そもそも、地上では滅多にお目にかかれない魔獣ばかりいるような気がする。

「レヴィンさん、私とアリアさんと別行動で大丈夫ですか？　戦闘の練習をするといっても、あまり無理はしない方が……」

エリスが心配そうに声をかけてきた。

「大丈夫だ。エルフィと一緒に戦うつもりだからな。今のうちに戦いに慣れておかないと」

これまではみんなに守られっぱなしだったから、自分にできることはなんでもやりたい。

「うーん……レヴィンのことは心配だけど、エルフィが側にいるなら大丈夫だよね？　魔獣を倒さないと村のみんなが遊べないし……分かった。それじゃ、手分けして倒そう」

それから、俺たちは魔獣討伐に乗り出した。

まず、対面したのはハウリング・ファングと呼ばれる狼の群れだ。

先ほど、挙げた魔獣たちほどではないが、一度でも目をつけられると、遠吠えを上げて周囲の仲間たちを呼び出すので、相手にするととても厄介だ。

「っ……すばしっこいな……!!」

俺は腕を【竜化】させ、必死に剣を振ってなんとか狼を撃破する。

テイマーとして相棒に戦いの指示を出すことはよくあったけど、自分自身で戦った経験はほとんどなかった。

いくらエルフィの力を借りて強化されているとは言え、こうして命のやり取りに参加するのはとても恐ろしい気分だ。

「アリアとエリスは、こんなことを繰り返してきたのか」

二人が仲間になってから、戦いでは頼りにしてばかりだった。

改めて、ありがたさを実感する。

「ママ、大丈夫？　怪我はない？」

「ああ、大丈夫だ。ちょっと緊張したけどな」

エルフィには、最初は手を出さないように頼んでおいた。

そのせいか、こちらのことが気が気でないという表情で戦っている。

「グルゥウウ!!」

やがて、石斧を持った牛の魔獣がやってきた。レイジングタウルスだ。

「エルフィ、今度は一緒に戦ってくれるか？　少し不安だ」

「うん!!」

その斧から繰り出される一撃は凄まじいが、危ない時は、エルフィが俺を掴んで空中に逃がしてくれる。徐々に追い詰めていくが……その最中、俺はレイジングタウルスに背後を取られ、一撃をもらいそうになる。

「ママ!!」

咄嗟にエルフィが両手を前に差し出した。そして魔力を練り上げると、手のひらから竜のブレスのような熱線を発射する。

「グオオオオ!!」

レイジングタウルスがたじろいだ隙を突いて、俺は胴体を両断した。

「はぁ……はぁ……なんとか倒せたか」

エルフィがいなかったら危なかった。

「ママ、怪我は!?」

「エルフィのおかげで無傷だ。ありがとうな」

「よかった……」

エルフィは心底、ほっとしたような表情を浮かべる。

しかし、アリアといいエルフィといい、少し心配性すぎる気がしなくもない。

もっと、鍛錬を重ねて、みんなを心配させないようにしなければ。

「そういえば、エルフィ。今、人の姿のまま戦ってたよな？　前は身体の一部を【竜化】させるんじゃなくて、完全に竜の姿になって戦うことが多かった気がするけど……どうしたんだ？」

「なんだか、この前から力が溢れてくるの。だから、この姿でも戦いやすくなったみたい」

「それで、人の状態でブレスが使えたのか……」

「ママと同じこの姿が好きだから、人として戦えて嬉しい、竜の姿になるのは……少し怖い」

そういえば、神竜の中には、竜の姿を取っているうちに、力に呑まれて暴走する者もいるって前に言ってた気がする。

エルフィはそのことを気にしているようだ。

「もしかして、あの神竜の子を見たからか？」

「うん。あの子、身体の中の魔力が乱れて、暴走しかけてる……きっと、相当酷い目に遭ったんだと思う。このままだと、竜の姿から戻れなくなる」

そんな危険な状態になってたのか。

「あの子がママたちを酷い目に遭わせた時、許せないって思った。だけど、その後、あの子があんな風になるまで追い詰めた人がいるって思ったら、もっと頭の中がぐちゃぐちゃになって……ドレイクと戦った時よりも、ずっと強い衝動が湧いてきた」

エルフィが不安がっている。

きっと俺には想像もつかない恐ろしさがあるのだろう。

黙ってしまった彼女を見て、俺は口を開く。

「前にどんなに怖くても、俺を守るためならその力を使ってくれるって言ったこと覚えてるか？」

「当然。私の命があるのはママのおかげ。ママがいなかったら、私は生まれる前に王様に叩き殺されて死んでいた」

「うん、そうだったな……俺にはエルフィを暴走させない義務があるんだ」

「義務……？」

「エルフィは俺のために、危険を冒(おか)しても戦ってくれる。それなら、エルフィが暴走しないように俺が見守るよ。きっと、エルフィが強く感じてるのは怒りだ。仲間を傷つけられたこと、実験道具にされたこと……それが全部許せなくて、怒ってるんだ」

浮かない顔をしてエルフィがうつむく。

「誰だって腹の立つことはある。だけどそんな感情も、楽しいことをしたり、美味しいものを食べたりすればいつの間にか吹き飛んでる。だから、俺はこれからエルフィに、うんとたくさん楽しい思いをさせる。激情に駆られて道を踏み外さないように、側にいるよ。それなら大丈夫だろう？」

「それでも、あの女の子みたいになっちゃったら？」

「その時は俺が全力で助ける。方法は分からなくても、必ずなんとかする……少なくとも俺は、エルフィを諦めることは絶対にしない」

それが俺の、エルフィの親としての義務だと思う。

「ありがとう、ママ。ママがいれば、きっと大丈夫。そうだよね？」

「ああ。それに、エルフィの仲間は俺だけじゃないからな。みんながいれば大丈夫だ」

「うん……!!」

エルフィがそっと笑みを浮かべる。

これで、彼女の気も少しは晴れただろう。

それから俺たちは、魔獣退治を再開するのであった。


そして、数時間ほどが経った頃には、魔獣の数はかなり減っていた。

「こんなもんか。根絶やしにする訳にはいかないからな」

「とても手強かったですね。ですが、おかげでいい鍛錬になりました」

しかし、相当疲れた。

どれも、並の魔獣とは比べ物にならない力を持っていた。

それを何十体と相手にしたのだ。早く海に戻って一休みしたい。

「ふむ。どうやら、肩慣らしは終わったようだな」

帰路につこうとした時、ユーリ殿が姿を現した。

「兄様!? どうして、こちらに？」

「魔獣相手に修業をしていると聞いてな。大方、先日の敗北が響いているのだろう？ 少し手伝おうと思って、エリーゼ殿下から許可をいただいた」

「手伝う……って一体何を——」

エリスが首を傾げた瞬間、目にも留まらぬ斬撃が背後から襲いかかった。

「エリスさん、危ないっ……!?」

真っ先に反応したアリアが、大盾を駆使して弾く。

「あ、ありがとうございます、アリアさん」

「大丈夫。だけど、この人は……」

襲撃者の姿を見て、俺たちは目を丸くする。

二振りの聖剣を操る仮面の騎士……そこにいたのはクローニア最強と名高い《剣皇(けんおう)》レグルスだった。

「フハハハ、久しいな諸君！」

「レグルスさん!? いつから竜大陸に……!?」

レグルスとは、数ヶ月前のエルウィンとクローニアの戦いで、恋人であるカリンさんを取り戻すのに協力して以来の再会だ。彼は普段、クローニアで騎士として働いているはず。

数週間前にカリンさんが竜大陸に勉強に来たが、彼女はとっくに帰国してるし、一体なんのために……

俺の質問を受けて、レグルスが隣に立つユーリ殿を指差す。

「到着したのは先ほどだ。どういう事情か分からんが、ワイバーンを駆るこの男に呼び出されてな。しかし、レヴィン殿たちに稽古をつけろということなら悪くない」

「に、兄様!!　私たちはかなり疲弊してて……それでレグルスさんと戦うというのは――」

「甘えるな。この男はクローニア、いや世界でも指折りの剣士だ。つまり、疲弊しきった状態でこいつと戦うのは一番の稽古になるのだ」

なんという脳筋理論だ。

クールで考えの読めない人だと思っていたのに、意外なことを言い出す。

それに、あんなに接触したがらなかったエリスと会ってまで修業に付き合ってくれるとは……

エリーゼ殿下の襲撃事件を受けて、護衛のユーリ殿も思うところがあったのだろうか。

「人の肉体は、極限まで追い込まれた状態でこそ、真価を発揮し大きな成長を遂げるものだ。わずかでも剣を握る力が残っているのであれば、最後の仕上げといくぞ」

レグルスが剣を構えた。

「私を倒してみろ」

こうして、限界に近い俺たちに、とんでもない修業が課されることとなった。


それからしばらく。

――ピキッ。

仮面に亀裂が走り、ゆっくりと壊れていった。

実際に戦っていたのは十分ほどだ。だが、体感では何時間も戦っていたのではないかと思わせるほど、過酷で濃密な時間だった。

「う、うわぁああああああ!?　か、仮面が!?」

レグルスが慌てふためき、手で顔を覆い隠す。

相変わらず、仮面がなくなると本来の気弱な性格に戻ってしまうようだ。

「ええっと、皆さん。とてもよく頑張りましたね。限界の状態でここまで戦えるなんて、随分と成長しました。数ヶ月前に僕と戦った時とは大違いです」

以前はアリア、エリス、エルフィの三人がかりで手も足も出なかった相手だ。

しかし、四人がかりとはいえ、一矢報いるようになったのはかなりの進歩だろう。

「相変わらず、仮面がなくなると途端に駄目な男だな……とりあえず君は、早く帰れ」

「えっ!?　折角竜大陸に来たから、少しぐらい滞在したいなって……カリンから話も聞いてるし……」

「新婚旅行で来たまえ。君には任務があるだろう」

確かに、事前に言ってくれたら歓迎するが。

「ま、まあ、そうなんだけどね……あまり、気乗りがしないというか……どうしてあんな警備計画を……」

レグルスがちらちらと俺を見てくる。

一体、どうしたのだろうか？

「騎士が情けないことを言うな。政治は貴様の領分ではない。余計な機密を漏らす前に、さあ行け」

「はい……」

とぼとぼとレグルスが歩いていく。

随分とぞんざいな扱いだ。だが、二人の付き合いの長さが窺える。

「さすがに、レグルス相手ではもう動けないだろう。ワイバーンを呼んであるから、彼らに運んでもらうといい」

それだけ言って、ユーリ殿も去った。

「うーん……一応、俺たちを心配してくれたんだろうか？」

「そうだと思いますが、相変わらず自分の考えを話さない人というか……」

エリスがなんだか呆れ顔だ。

エリーゼ殿下の晩餐会があんなことになり、エリスはいまだユーリ殿が冷たくなった理由を聞けていないのだという。

彼も護衛として竜大陸に滞在しているのだから、チャンスはありそうなものだが……忙しいのかちっとも捕まらないそうだ。

「妹と話す時間くらいあってもいいのに……」

ため息を吐くエリスは不満げだ。

悪い人ではないんだろうけど、確かに釈然としない。

「まあ、あの人のことは置いておいて、帰りましょう。私、もうへとへとで……」

「うん。私ももう、動けない」

「いか、どーぶん」

俺たちはユーリ殿の呼んだワイバーンに乗り、海岸に向かう。

上空に出ると、俺たちはとんでもないものに気が付いた。

「な、なんだあれは……!?」

森の中に巨大なゴリラの像がそびえ立っていた。

凛々しくたくましく、精悍（せいかん）な顔立ちのゴリラ像だ。

「レヴィン、あれは何……？」

「分からん。いや、あんな建造物を作る人間なんて、この竜大陸には一人しかいないが……」

俺はある予感を抱きながら、ゴリラ像に目指す。

「おお、よく来た。早速、見つけてくれたんだな」

アントニオが満面の笑みを浮かべて俺たちを歓迎した。

あたりには十二匹のゴリラ像と、二足歩行のヒョウらしき邪悪な笑みを浮かべた謎の像が建てられている。

「ようこそ、レヴィン殿。ここは、かつて大陸で起こったという覇王の伝説をもとにしたテーマパークだ」

「てーまぱーくってなんだ？」

「これは私が提唱した概念だ。よく、見世物小屋に遊園地があるのを目にするな？」

「あ、ああ。まあそうだけど、それとこれになんの関係が？」

「その遊園地を魔導具で再現し、いや、より優れた形に発展させ、それぞれの遊具で、物語や世界観を感じられるように工夫を凝らしたものだ。ここでは、かつての十二英雄と覇王の戦いを追体験できる」

「十二英雄ってもしかしなくてもあのゴリラのことか？」

「うむ。シグルドをはじめ、かつての英雄たちを、私が独自の解釈で造形した」

騎士鎧やローブを纏ったバリエーション豊かなゴリラ像が、躍動感溢れる姿で形作られている。

「しかし、どうして覇王がヒョウなんだ？」

「当然だろう!!　獰猛な黄色い悪魔は、木の上から我ら猩々を狙ってくる。こちらは平和的に森で過ごしているのに、やつらは俺たちを捕食することしか考えていないのだ!!」

なるほど天敵を悪魔として描いたわけか。

「現在は森の中をクルージングする粋なアトラクションしか用意していないが、折角だし体験していきたまえ」

「いや、俺たち疲れてて……」

「体・験・し・て・い・き・た・ま・え」

「分かったよ。そんなに顔を近づけないでくれ」

一歩間違えればキスしてしまうような近距離までアントニオが迫り、圧をかけてくる。

ここは、彼に従うしかないようだ。

一方、エルフィはなんだか目を輝かせている。

「ゴリラの騎士……かっこいい!!」

「確かに息抜きには良さそうですね。私もなんだか興味があります」

「ものは試しだと思う。レヴィン、行こう」

お嬢さん方は意外に乗り気だった。

そういうことなら、乗ってみるとしよう。

俺は広場から少し歩いたところでボートに乗り込む。

どうやら、水路が引かれているようで、それを通って森の中を探索するのだろう。

全員が乗り込み、後ろにアントニオが腰掛けるとゆっくりとボートが動き出した。

「念のため、安全バーを下ろす。振り落とされないように、しっかりと身体を固定するのだぞ」

「えっ？　振り落とされることがあるのか？」

「……まあ、あとのお楽しみだ」

すごく不安だ……

『かつて、この大陸を支配した男がいた。その名は覇王』

「ナレーションはアントニオなのか……」

後ろにいるアントニオがやたらいい声で語り部を務める。

「まだ、試作段階だからそこは置いておけ」

アントニオが続ける。

『覇王の正体は分かっていない。千年に一度生まれる魔族の王であるとも、婚約者を奪われ、全てに絶望した王族であるとも、あるいは農民出身の普通の青年であるとも言われている』

水路沿いに、覇王の正体として唱えられている三つの説を表現した銅像がある。

周辺の景色もしっかりと作り込まれており、なるほど確かに世界観に入り込めそうだ。

ボートが進むに連れ、覇王が支配する世界を模した像が次々と現れていく。最終的に目の前に覇王が立ちはだかった。

『ある日、覇王は魔族を率いて、人類に宣戦布告をした。占領された地域の人間たちは、より強い力を持つ人間を選別するため、闘技場で戦わされ、魔族たちの娯楽とされた。大陸全土が支配下に入ると思われたその時、一筋の希望が差し込んだ』

アントニオが猩々たち特有の眩い光を発する技で、あたりを照らす。

光が収まると、そこには覇王を取り囲むように十二の英雄の像が現れていた。

「おお!!」

エルフィが身を乗り出している。確かに凝った演出だ。

『英雄たちは次々と、支配された地域を解放していく。そして、エルウィン王国の首都、ウィンダミアにて、最後の決戦が始まった』

驚いたことに十二の英雄と覇王の像が動き出した。

これまでの像は身体の一部が動くだけだったのに、今はまるで本物の人間のように生き生きと動いている。

躍動感溢れる殺陣の果てに、ついに覇王が胸を貫かれた。あたりが真っ赤な光に染まる。

アントニオによると、実際には刺していないそうだが、像が作り出す影でそう見えるように工夫しているらしい。

『こうして、邪悪な覇王は倒れ、世界は新たな秩序を生み出すのであった。めでたしめでたし』

新たな世界に到達したという演出なのか、ボートは美しい海岸に出た。

「……と、まあ、こんな形だ。どうだ？」

「とてもかっこよかった!!」

エルフィが目を輝かせる。

どうやら大層気に入ったようだ。

「凄く凝った演出だったな。まさか、あんな風に像を動かせるとは思わなかった」

「自走車に使われている魔導具を自動化する技術を応用したのだ。像に組み込むことで、インプットした動きを忠実に再現する。おかげで、迫力のあるステージとなった」

「だが、いつの間にこんなものを作っていたのか？」

「ああ。実はエリーゼ殿下の要請でな。ここにリゾート地を作れないかというオーダーがあったのだ。当然、レヴィン殿の許可は取るつもりだったが……リントヴルム殿が『その前にいろいろと実験をしよう』とな」

殿下がリゾートを？

俺は別に構わないけど、どうしてエリーゼはそんなことを言い出したのだろうか。

しかもリントヴルムも一枚噛んでいるみたいだし……

「どうやら、理由が気になるようだな。彼女なら丁度、ホテルにいるはずだ。急遽デザインしたものだが、会心の仕上がりだぞ」

「へぇ、それは楽しみだな」

リントヴルムも、もったいぶった様子で海岸に戻ってこいと言っていたし、相当期待できそうだ。

俺はあたりを見回して、ホテルを探すが……

「……それっぽい建物が見つからないけど、どこに行けばいいんだ？」

というか、海エリアにいるはずの俺の相棒たちや、家族、ルミール村の人たちも見当たらない。

ボートを出て探そうとしたら、一足早く降りたアントニオに引き留められた。

「何、すぐに見つかる。ではマルス殿、よろしく頼む」

「任せてー!!」

どこからともなく、この場にいないはずのマルスの声が聞こえた。

同時に俺たちの目の前に光の線路が現れ、ボートの底が変形して何かが現れた。どうやら車輪のようだ。

「ま、待て、アントニオ。一体、何を――」

「それでは良き海の旅を」

安全バーをしろと言っていたがまさか……

ある予感が頭の中に湧いた直後、ボートが凄まじい勢いで走り出した。

車輪のもの凄い駆動音と共に、俺たちは空中に射出されると海に向かって突っ込んだ。

「うわぁあああああああ!?」

まずい。このままじゃ息が……と思った瞬間、ボートを泡のようなものが包み込んだ。

さらに驚いたことに、海の中なのに呼吸ができている。

「こ、これは？」

「僕たちデルフィナスの加護さ。これがあれば地上の生き物でも、水中で自由に動けるようになるんだ」

マルスがボートの前に出る。

「君が祈ればそのボートは動き出すはずだよ。僕が先導するから付いてきて」

俺たちは状況が分からぬまま、マルスの言う通りについていく。

やがて海底に都市が見えてきた。

すでに朽ち果ててはいるが、不思議な素材でできた、とても立派な高層建築がずらりと並んでいる。

「ここは神竜が大昔に作った海底都市だよ。今は朽ち果ててしまったけど……リントヴルムに聞いたら、昔は僕たちデルフィナスも竜大陸で暮らしていたんだって」

海底にまで都市を造るなんて、神竜の古代文明は本当に常識外れだ。

だけど、海に沈んだ都市というのは、とてもロマンをかきたてる光景だった。

「折角だからいろいろと案内したいんだけど、まずは目的地に急ごう」

マルスの導くままに都市の中を進む。

するとしばらくして、それはそれは大きな泡に包まれた、大きな建物が見えてきた。

「城か？　しかも、かなり綺麗な……」

朽ち果てた他の建物と違って、その城は傷一つなく、真新しい様子だ。

恐らく、最近建てられたばかりなのだろう。

「もしかしてアントニオが言ってたホテルってあれか？」

「うん。あれが今日の宿だよ。さ、エントランスに入るよ」

俺たちを迎え入れるように、城門が開いた。

そして、そこを通過すると、俺たちを包んでいた泡が弾けて落下した。

「うわぁあ⁉」

ボートは門の先に広がる水路に着水した。

「凄い。海の中にお城がある」

アリアがうっとりとした様子で呟く。

確かに驚いた。どんなホテルかと思ったが、この城こそがそうなのだろう。

白を基調とし、鮮やかな青い文様で彩られた内装、室内を流れる滝や噴水がある涼(すず)やかな空間設計……そこにはとても豪華なホテルが広がっていた。

「ようこそ、レヴィンさん」

迎えてくれたのはエリーゼだ。

「ユーリから『昼食も食べず修業に励んでいた』と聞いたよ。彼は合流できないけど……夕食の準

備ができているから、いろいろとお話ししない？　竜大陸の皆さんには、もう中に入ってもらっているよ！」

　このホテルのレストランは、屋上に用意されているらしい。

　城の屋上は空中庭園になっており、プールや噴水広場がある広々とした空間になっていた。

　魔獣退治とレグルスとの稽古で疲れ切った俺たちを待っていたのは、豪勢（ごうせい）な夕食だった。

　ゴクリと唾（つば）を呑み込む。

　そこに用意されていたのはバーベキュー用の金網と、たくさんの肉であった。

「レヴィン、よく来たな。こんなにたくさんの肉……父さん、初めて見たぞ。贈ってくれた姫様には感謝しかないな」

　父さんが大笑いしながらやってきた。

　どうやら、これらはエリーゼが贈ってくれたようだ。

　今回の一連の出来事は、リントヴルムとアントニオたち猩々、デルフィナスたちとエリーゼによるサプライズらしい。

「父さんたち、畜産に挑戦しようって準備してただろう？　それを知った姫様が、クローニア産の種牛（たねうし）や豚（ぶた）、鶏（にわとり）を贈ってくれたんだ。いよいよ竜大陸でも本格的に家畜を育てていけるぞ！」

「クローニアで一番美味しいブランド品種だよ」

　それは魅力的な話だ。

　野菜も美味しいが、肉が増えれば、リントヴルムの生活はより豊かになる。

だけど、そこまでしてもらうのは、なんだか気が引けてしまう。

「えっと、いいのか？　そういうのって値が張るんじゃないか？」

「そうだね。そもそも他の国に種牛を売るなんて滅多にないことだし……でも、これは投資だよ。レヴィンさんやゼクスくんとはもっと協力していきたいんだ。だって、戦ってばかりじゃ民が苦しむだけだもん。それに、こっちもいろいろと贈ってもらったし……」

「ふふ。カリンさんがいるシーリン村以外のクローニアの村々とも竜大陸の野菜の種と交換する契約を結んだんですよ。うちのは早く育ちますし、味も格別ですから……実際に動き出すのは、市場が稼働してからですけど」

笑顔で説明したのは、フィオナ姉さんだ。

なるほど。そういう経緯で門外不出の名牛たちと交換したのか。

これから肉料理がたくさん作れると思うと、わくわくしてくる。

何せ、かつての我が家では肉は贅沢品だったわけだし。

「ということで早速、お肉をいただこう。転移の門と輸送列車を併用して、とても新鮮な状態で持ってきたんだよ」

「おっ。もう、海エリアまで線路を敷いたのか」

俺たちが修業している間に、みんなで動いてくれたみたいだ。

そういえば、最近の猩々たちは前にも増して元気に働いていた。彼らには感謝しないと。

この場には来ていないようだが、後でお礼を言いに行こう。

「それに実は、あの輸送車の一部を以前いただいた冷蔵庫に改造してみたの」

「冷蔵庫に改造……？」

もはや、想像がつかない。どういうことだろうか。

「あの輸送列車にはたくさんの貨物運搬用の車両があるよね？　その内のいくつかに冷蔵庫の技術を転用して、中の温度を一定に保てるようにしたんだ」

「つまり、物を冷やしたまま運べるってことか？」

「そう!!　上手くいってよかった。でもいいなー、クローニアにもいつか置いてみたい」

今のところ、転移門以外のものを地上で【製造】することはできない。

しかし、ここまで協力してもらった以上、技術を独占するつもりはない。

いつかは地上でも使えるようになればなと思う。

「ねえ、レヴィン。そろそろ、いいかしら。お母さん、実はお腹がぺこぺこで……」

「おっと、そうだね」

俺たちは一斉にいただきますの挨拶をすると、バーベキューを始めるのであった。

「海の中にこんな素敵なホテルを作るなんて、さすがはアントニオですね」

いつの間にか、アーガスがやってきた。皿の上には、山ほど肉が載っている。

妙にやつれているな。

「アーガス、ずっと何をしてたんだ？　都市にはいなかったみたいだけど」

「修業ですよ。我々猩々は、女神への祈りを力に変える種族ですからね」

「ちなみに場所は？」

「海の中です。文明の力に頼らず、一糸まとわぬ姿で人が到底住めない極限の状況にこの身を追い込み、女神への感謝を再確認してきました」

やることが極端だ。まさか、全裸でサバイバルをしていたとは……いや、全裸である必要はあるのか？

「海の中にいた時は、一日に一匹の魚にありつければいい方でした。こうして肉にありつけるとは……女神とエリーゼ殿下よ、この恵みをもたらしてくださったあなた方に、心からの感謝を……うぅ」

感謝のあまりアーガスがむせび泣いている。

きっと、想像を絶する状況だったのだろう。

「あ、そういえばアントニオのテーマパークはご覧になりましたか？」

「ああ見た……というか体験してきた。なかなか面白そうだが、アーガスも知ってたんだな」

「ええ。資材を集めたのは猩々たちですから。彼らのインスピレーションに任せたので、ゴリラだらけになりそうです」

実際に目にすると、かなりのインパクトだったな。

「あれを実現させるために、ここ最近はみんなよく頑張ってくれました。できれば彼らにも、ここで食事をさせたいと思うのですが、召喚してもよろしいでしょうか」

「ああ。もちろん、構わないよ。でも、猩々は肉を食べるのか？」

「いえ。我ら猩々は野菜や果物などしか口にしません」

「でも、アーガスは食べてるよな」

「……私は人間なので」

「我ら猩々」じゃなかったのか。

「とりあえず、野菜ならいくらでもあるだろうし、遠慮なく食べてもらうといい」

「あなたに感謝を。そして、この前の襲撃時はすみませんでした。あなたを守ることができませんでした」

「いや、気にしてないよ。それどころか感謝している。俺が助けてくれって言った時に、躊躇わずに付いてきてくれたからな」

「それこそ気にしないでください。我々に居場所を与えてくださったことへの恩返しですから」

しかしまさか、アーガスとこんな話をするようになるとは思わなかった。

最初は改心したかどうか疑っていたが、今の彼は極端なところはあるものの、猩々たちを思いやるいいテイマーだ。

「おっと、そういえばリゾート開発の件はエリーゼのオーダーなんだよな」

「はい。詳しい話を聞きたいのなら、彼女に尋ねるのがいいかと」

俺はその場を離れ、エリーゼを探す。

「レヴィンさん、どう？　うちの肉の味は」

「ああ。とても美味しいよ。みんなも満足してるみたいだし、本当にありがとう」

「それならよかった。ゼクスくんも呼ぼうと思って、王城に使いを出したんだけど留守だったんだよね」

「少し聞きたいことがあるんだがいいか？」

「リゾート開発の件だよね？　ごめんね、勝手に話を進めちゃって」

「いや、それは気にしてないよ。エリーゼにはいろいろと助けられてるし」

気になるのは、エリーゼがどうしてそんなことを言いだしたのかだ。

「別に何か企んでるわけじゃないよ？　あ、いや、企んではいるんだけど、悪いことじゃなくて……」

なんだか、どう説明したらいいか困っているようだ。

「私はね、ずっと戦争を続ける二つの国にうんざりしてるんだ。だから、なんとかして和平交渉をまとめたいの。でも、市場の構想はあの襲撃によって保留になってしまった。それどころか、レヴィンさんが疑われることに……」

それについてはゼクスからも聞いた。

なんと一部では、俺がゼクスとエリーゼの抹殺を図り、神竜の力で両国を支配するつもりだと噂されているらしい。

「こうなったのも全部私のせいなんだ。だから、別の一手を加えようと思って。ここをリゾート地にして、二つの国から人を誘致したり、有名な観光地と転移門を繋げて、自由に行き来できるようにしたりとかね」

なるほど。どれも俺が思いつかなかったことだ。

「ありがとう。そんな風に考えてくれていたんだな……でも、君のせいってのはさすがに言いすぎじゃないか？　あれはあくまでも、あの赤い神竜を操っている連中のせいだ」

「だからだよ」

エリーゼは真剣な表情でこちらを見る。

「だからこそ、私のせいなんだ。だって、あの竜は私を殺しに来たんだから」

「え……？」

エリーゼの告白に、俺は言葉を失った。

神竜がエリーゼを殺しに来た？

一体、どういうことなんだ。

「私ね、妾（めかけ）の子なんだ。母は平民で……でも、弟は正室の子なの。お父様は私たちのことを分け隔てなく愛してくれた。『エリーゼの王位の相続権を認める』って声明まで出したんだけど、そのことを良く思わない人たちもいるみたい」

庶子と嫡子（ちゃくし）、どちらを次期国王に据えるかで揉めているのか。

馬鹿げた話に聞こえるかも知れないが、貴族や王族の世界では稀（まれ）に聞く。

「ここ数年、エルウィンとの戦争を強く推し進める声があるんだ。お父様は望んでないのに、主戦派の私兵が国境を踏み越えてエルウィンを荒（あ）らすことも珍しくない」

「そんなことが……」

戦争好きは、ふざけた英雄願望を抱いていたあのドルカスくらいだと思っていたが、クローニアにも事情があるようだ。

「主戦派は、幼い弟……アルフレッドを王にして、自分たちの思い通りに操ろうとしているの。そんなことをさせるわけにはいかない。だから、私の方が次期国王としてふさわしいと証明するために、病気のお父様に代わって、和平交渉をまとめようと手を挙げたの。でも、それから身の危険を感じることが時々あった。エルウィンに来る途中、馬車が野盗（やとう）に襲われたり、上から大きな物が落ちてきたり……ユーリがいなかったら、どうなっていたか……」

そういうことが続いたら、さすがに偶然では片付けられないだろう。

それでエリーゼは、襲撃を自分の暗殺を狙った主戦派によるものだと考えたのか。

「敵対する国で王族が死ねば、格好の開戦の口実になる。主戦派は私のことを邪魔だと思っているから、狙うには丁度いいんだろうね。うん、確かに合理的だよ」

そう言って、エリーゼが笑ってみせる。

そんな馬鹿げた話、あるものか。

「何か俺に手伝えることはないか？　もし、その話が本当なら君は……」

あの神竜か別の手段かは分からないが、いずれにせよエリーゼは狙われ続けることになる。

それを見過ごすわけにはいかない。

俺たちが話していると、背後から声がした。

「それなら、私にいい考えがある」

やってきたのはゼクスとシリウスだ。

どうやら遅れて駆け付けたらしい。

シリウスは皿一杯に肉を取り、一生懸命に頬張っている。

「二人とも、来てくれたのか。でも、いい考えってなんだ？」

「その前に報告からだ。ついさっき、ラングラン領の調査が終わったんだ」

ゼクスとシリウスは、赤い神竜の少女——スピカとその家族が眠っていた遺跡を捜索していたはずだ。

「結論から言うと、二人が眠っていたと思しき遺跡は粉々になっていた。方法は不明だが、神竜文明の遺跡を破壊するぐらいだ。恐らく彼女たち自身の手で行われたのだろう」

「そんな……それじゃ手がかりは……」

てっきり何か見つけたものだと思っていたが、そう上手くはいかないようだ。

「いや、あった。遺跡の跡地に手記が残っていたんだ。記録者はあのドレイクだ。気になるか？」

「ドレイクだって!?」

先の戦いで邪竜に変身したドレイク……なぜ神竜の力を使えたのか、理由が分かるかもしれない。

「シリウス殿、例のノートを貸してくれ」

「うん、いいよ」

肉を味わっていたシリウスが、懐から一冊のノートを取り出した。

それはこんな文章から始まっていた。

私の名前はドレイク・グラメリア・ラングラン。

ラングラン公爵家の長子にして、考古学を愛する一人の青年だった。

「……私とか、考古学を愛するとか書いてあるぞ？」

あの粗暴で、他人の命をなんとも思わない非道な男とはイメージが違いすぎる。

とりあえず先を読もう。


ここに記すことは、本来なら記す必要のない情報である。なぜなら、あの忌まわしき者たちは、この私が必ず葬るからだ。だが、息子には知る権利がある。異国の地に行ったあの子は、このようなことを知らぬまま健やかに育ってほしい。だが、計画が失敗した時に備え、選択肢は残しておくべきだろう。

全ての始まりは、最愛の伴侶であるアイシャとの出会いだった。

ラングラン領の南西部、華やかな海岸からは少し離れた断崖にある洞窟、そこで私は彼女たちを見つけた。

驚いたことにアイシャは自らを神竜だと言った。なんでも、遠い昔の戦いで夫君を亡くし、娘と共に眠りについていたそうだ。神竜が登場する覇王の伝説に興味を持っていた私は、何度も二人に会いに行った。

アイシャは戸惑っていたが、徐々に心を許してくれた。最終的に私たちは結ばれ、子宝を授かった。

彼女たちが神竜であることは、私の胸だけに秘めることにした。

「待ってくれ。ということはシリウスは……」

俺はシリウスに視線をやる。

「うん。どうやら僕は、人間と神竜の混血らしいんだ」

「だから神竜の気配を感じ取る力があったのか……」

引き続きドレイクの手記を読む。

あれから十数年……家族に囲まれ、幸福に過ごしてきた。だが、それは終わりを告げた。

アイシャたちが何者かに奪われたのだ。

私が領主の息子として視察に出向いてる間の犯行だ……数日前に遠い異国へ留学した、シリウスが無事であったのだけが幸いだった。

その後、私はシリウスに手紙で「自分が立派な人間になったと納得できるまで、何があってもラングラン家には帰ってくるな」と言い含めた。

アイシャたちを攫った者たちの魔の手が伸びぬよう、危険から遠ざけるためだ。

私は持てる人脈と財の全てを駆使してアイシャたちを追ったが、その行方は杳として知れなかった。見つかるのは、二人に対して、様々な非道な実験が行われた記録ばかりだ。

私は、常に後手に回っていた。

内容を事細かに記すことはしないが、こうして筆を執る手が今も怒りで震える。

二人を捜す過程で、私は一度、敵の手に落ちた。そして、あの忌々しい悪魔たちの実験台となった。どうやら彼らは神竜を研究し、人の身でも同じ力を引き出せないかと試みているらしい………実験によって、想像を絶する苦しみと痛みに苛まれる中、私は神竜の力の一部を得た。

それを使い、彼らのもとから逃げた私は、その道中でこの一件を手引きした張本人こそ、人智を超えた力を求めた愚かな父であると知った。

私はこの世のすべてを憎んだ。

ラングラン家はエルウィンの守護者として名を馳せてきたが、父は凡才でドルカス王の信頼を失っていた。没落していくラングラン家を立て直すために、私の愛する者を得体の知れない者共に売り渡したのだ。

それから俺は父を毒殺し、二つ誓いを立てた。

まず、いつの日か帰ってくる息子が健やかで幸せに暮らせるように、ラングラン領を運営することだ。シリウスには「お前の母と姉が事故で死んだ」と手紙で告げたが、あの子は帰ってこなかった……父との約束を守る、いい子だ。

そして、もう一つは、愛する者たちを攫った悪魔に復讐することだ。

そのためなら、金も家も人も……全てを利用する。実験によって得た、この【邪竜の鎧】さえ使いこなしてやろう。

父は死に際に、アイシャを売った相手はクローニアの連中だとようやく吐いた。

俺の必死の捜索を嘲笑うかのように、やつらはクローニアとエルウィンの国境沿いにばかり実験所を作っていた……恐らく、クローニアの者だという情報は正しい。

二人の監禁場所を転々と移動させていることを考えると、黒幕は相当の資金力がある者だろう。複数犯か、あるいはなんらかの手段で、まだ実験段階の転移技術を手にしている可能性がある。

人脈を広げ、悪魔と同じ趣味を持つ者と接触したい。そのために、愚かな国王を傀儡とすることに決めた。もう、国家という枠組みがどうなろうと構わない。

父が王国の守護者などという称号を求めたことで、二人は攫われた。エルウィンなど、滅んだ方がマシだ。

悪魔に対抗するために、俺は神竜の力を高めることを決意した。

人間や聖獣、ありとあらゆる生命を冒涜することになったとしても、必ず成し遂げる。

この決断が、あの悪魔たちと同じ過ちであることも理解している。

だが、それでも成し遂げなければならないのだ。

連中はクローニアに巣くっている。

ならば、どれほどの犠牲を出そうと、俺の怒りの炎でやつらを焼き尽くす。

愛する妻、アイシャと、息子のシリウス。

そして、血は繋がっていなくとも娘同然に愛した——スピカのためにも。

「……」

一通り読み終えて、俺は言葉を失う。

恐らくこの手記は、復讐を誓ったドレイクの最後の良心だったのだろう。

一人称が曖昧だったり、シリウスのために領地を経営するとしながら、エルウィンの破滅を願ったり……彼は矛盾を抱えた人物だった。

「絶句するのも道理だ。私も読んだ時は、頭が真っ白になった。あの男がまさか、神竜を妻にしていたとはな」

そういえば、シリウスはいろいろな感覚が鋭いと言っていた。

もしかしたら、神竜の血を引いているからなのかもしれない。

「それにしても母さんたちが神竜だったなんてね。確かに姉さんは、僕が物心付いた時からずっと姿が変わらなくて『姉さんは成長が遅いんだねえ』って笑ってたんだけどなあ」

実の父親が残した手記だ。思うところはあるだろうに、シリウスは微笑んで見せた。

「二人が神竜だってことは知らされてなかったんだな？」

「うん。でも、よく考えたら少し変だった。姉さん、くしゃみをした時に翼を出したことがあって……みんなして『見間違いだ』って言うからそうだと思ってたけど、僕が感じていた気配は、ずっと側にいた二人のものだったんだね」

まあ、ドレイクたちは全力でごまかしていたみたいだから、記憶が曖昧になるのも仕方がないか。

「ドレイクがクローニアの侵攻を進めたのも、復讐の一環だったんだな」

戦場で俺たちに語った自らの目的さえ、時間稼ぎのブラフだったのだろう。

「これで、大まかな流れが見えてきたかもしれない」

スピカを操っているのは、手記に出てきた「悪魔たち」だ。

そいつはクローニアのどこかに潜伏していて、主戦派と共に暗躍している。

「我が国でそんなことが起こっていたなんて……」

エリーゼが唇を噛んだ。

ゼクスがゆっくりと口を開く。

「クローニアの主戦派は、神竜の力を利用して和平を台無しにしようとしている。恐らくもう一度、エリーゼ殿下を狙ってくるだろう。今のところ、彼女の居場所はバレていない。だから、ここで私たちは対策を講じなければならない。襲撃の阻止はもちろん、彼らの企みを明るみに出し、二度と和平交渉の妨害をさせないようにする必要があるだろう」

「それが、さっき言ってた『いい考え』に繋がるんだな」

一体、ゼクスにどんなプランがあるんだろう。

「主戦派の立場や利益を勘案すれば、次の襲撃がいつ行われるのかは推測できる。和平の機運が高まりそうななんらかのイベントの時だ。前の襲撃も、エリーゼ殿下の誕生会当日に起こっただろう？」

確かに、そういう瞬間を狙って事件を起こせば、大きな衝撃を与えられる。

事実、三つの国を結ぶ市場の構想は、貴族たちが及び腰になり保留となっている。

「そこで、鍵となるのがエリーゼ殿下の構想だ。私たちは、前に一度失敗している。それにもかかわらず、和平交渉を進めようとすれば、同じような手口で妨害してくるだろう。その時にスピカを押さえる。無論、難敵だろうが……」

確かに、スピカの力は強力だった。それに底が知れないフードの男もいる。

だが、力が足りなければ補えばいい。ここしばらく、アリアたちは鍛錬を重ねてきた。

俺とエルフィも、あの力を使いこなせるようにもっと努力する。

それに……

「そもそも、勝つ必要なんてないと思うぞ」

「どういうことだ？」

「今、分かった。スピカは、エルフィを連れて帰れば自分もママも解放されるって叫んでた。ドレイクの手記の通りなら、その母親がアイシャさんだ」

俺はスピカを助けたかった。彼女も助けを求めていた。

それを拒絶したのは、捕まっている母親のことがあったからだろう。

「そうか！　先に母親の方を助け出せば自ら離反する……いや。どうやって探す？」

「それなら、僕の出番かな」

シリウスが手を挙げた。

「何か策があるのか？」

「要するに母さんと姉さんの気配を辿ればいいんだろう？　同族を探知する力を磨いてみる。習得できるかは分からないけど、やってみる価値はあると思うよ。エルフィさんが探すより、家族の僕の方が気配を知っているはずだから……本当に生きているなら、僕も二人に会いたいし」

「なるほど……それなら、いろいろなことに片が付きそうだな」

判明したことをまとめよう。

エルウィンとクローニアの和平交渉を阻止しようと、クローニアの主戦派が神竜の少女、スピカを従わせている。

そして、主戦派と対立しているエリーゼの命もまた、狙われている。

だから、俺たちがやることは二つだ。

まずはエリーゼの暗殺の阻止。そして、スピカと母のアイシャ、二人の神竜を救出することだ。

「いや、待てよ。ゼクス、クローニアの主戦派の目的は、エリーゼを暗殺して、エルウィンに戦争をしかける口実を作るってことでいいんだよな？」

「そう考えていい。何か勝算があるんだろうな」

「そうか……一ついいことを思いついたぞ」

これが上手く行けば、和平を阻む者たちを一気にあぶりだせるはずだ。

俺は腹案をみんなに共有し、これからの計画を練る。

◆　◆　◆

一週間後。

地上に帰ったゼクスとエリーゼは、暗殺を阻止するための作戦を練り、レヴィンをはじめとする竜大陸の者は鍛錬に励みつつ様々な準備をした。

そして今、新たな計画が動き出そうとしていた。

エルウィンの貴族たちとクローニアの使節団が集まり、王城にある竜大陸へ通じる門の前に立っている。

事前に通達を出しておいたことで、今この場には、レヴィンたち竜大陸の者と計画を知るシリウス以外の全てのパーティー参加者が集まっていた。

「前回は中断してしまいましたが、わたくしたちが考えた構想には続きがあります」

「続きねえ……それよりも、前回の襲撃について説明するのが先なんじゃないんですかね？」

エルウィンの貴族がいやみったらしくエリーゼを責めた。

「その件については、現在調査中です」

ゼクスがかわすが、今度はクローニアの者から非難が上がった。

「フン!! なにが調査だ。どうせ、貴様ら卑劣なエルウィン人が竜大陸の主と手を組んで仕組んだことだろう」

「まったくだ。また、この中に入って姫が襲われたらどうするのだ!!」

当然というべきか、両国の間では不信感が渦巻いている。

エリーゼは誰よりも先に門の中へ歩みを進めた。

「いいえ、レヴィン様はそのような方ではありません……皆様のご不安は重々承知しております。今回は絶対に襲撃を受けないような作戦を考案いたしました」

「絶対に襲撃を受けないですか。よくもそう言い切れるものです」

それでも渋る貴族を見て、ゼクスが助け船を出す。

「エリーゼ殿下のおっしゃる通り、今回はレヴィン殿に頼み、ある仕掛けを用意しております。きっと皆様も驚かれるでしょう。ほんの一瞬で構いません。神竜文明の一端を垣間見たくはありませんか？」

「むぅ……まあ、一目見るぐらいであれば。竜の大陸の文明に興味がないわけではありませんからな」

渋々といった様子で、貴族たちが門を通った。

「な、なんなのだこれはあああああ!?」

「ば、馬鹿な……水中にいる……だと？」

以前訪れた市場の転移門に出た貴族たちを待っていたのは、衝撃の光景だった。

貴族たちが見上げた先に大空はない。

竜大陸は、色鮮やかな魚が泳ぐ海の底に潜っていたのだ。

エリーゼは皆の前に出ると両腕を広げて語りかける。

「皆様、これこそが最大の対策なのです。空から襲撃者が来るなら、狙われない場所にいればいい。

わたくしとゼクス陛下、そしてレヴィン様はそう考え、リントヴルムを海の中に潜らせました」

「な、なんとでたらめな……」

貴族たちが困惑している。

空を飛ぶ竜の大陸というだけでも常識外れなのに、それが今度は海の底に沈んでいるのだから、驚きもひとしおだ。

「これが神竜のパワーです。ふふん！」

エリーゼが自慢そうに胸を張った。

実際には、デルフィナスの加護でリントヴルムを覆う泡を生成し、地上の海に沈めている（彼らの加護でなぜか水位は変わらないらしい）ので、神竜文明の力ではない。だが、それを可能にしているのは竜大陸に満ちた豊潤な魔力なので、嘘は言ってないだろう。

天候や気温を操作する神樹の加護で、竜大陸は海の底でも晴天のような明るさだ。

「ここは本来なら陽の光も差さない深い海の底です。赤い神竜といえど、さすがに到達はできないはずです。皆様、これほどの力を持つ竜大陸と歩む未来、もう少しだけ考えてみませんか？」

「ま、まあ。確かに、これほどの策なら、姫様が絶対の自信を持つのも頷ける」

先ほどまで反発していたエルウィン貴族は、ひとまずこの状況を受け入れたようだ。

「それでですな、エリーゼ殿下。構想というのは一体、どのようなものなのでしょう」

ボードウィンが興味津々で質問する。

この光景を見せられて、かなり乗り気になっているようだ。

「それはあちらの中でお話ししましょう」

図ったようなタイミングで、南の海エリアに向かう自走車がやってきた。

車体は赤く塗られて金色の縁取りがされており、とても高級感のある佇まいだ。

「あ、あれはなんだ？」

貴族たちがざわめく。

「これは魔力で稼働する大型の輸送車両です。速度は並の馬よりずっと速く、馬車と比べ圧倒的な速度と輸送量を発揮できます」

「うむ……我が国でも研究していた自走車か。頓挫したものを、まさか竜大陸で目にするとは……」

ボードウィンが気の抜けたような顔で車両を見上げる。

エリーゼたちが乗り込むと、自走車が動き出した。

窓から外を覗き、クローニアの貴族が感嘆を漏らす。

「なんという速さだ。これほどに大きな物体が平原を駆けるとは……信じられん」

未知の技術を前にして貴族たちは驚きを隠せずにいる。

「エリーゼ殿下。予算と時間の課題はどうやって解決したのですか？　材料費もそうですが、加工に掛かる時間と人件費で、これよりも小さなものでさえ実現しなかったのですぞ。竜大陸に我が国以上の人手があるとは思えません。仕組みにお詳しいところを見るに、あなた様も開発に関わっておられるようですが……」

「ふふ。このリントヴルムでは、材料と設計図さえあれば一瞬で作れますから」

「い、一瞬で……!? 詳しくお話しいただけますかな?」

そうこうしているうちに、自走車が目的地に到着した。

ゼクスが車を降り、一同を先導する。

「さあ、着きました。皆さん、ここが竜大陸の名物スポットです」

「……ゴリラの像?」

エリーゼたちを迎えたのは、ゴリラ……もとい猩々のテーマパークであった。

「ようこそ、皆様。私がこのパークの開発責任者のアントニオだ」

「姫様の誕生会でも気になっていたんだが……ゴリラが、喋っているだと……?」

「アントニオさんはゴリラではなく、猩々という幻獣なんですよ」

「本当は竜大陸の主であるレヴィン殿が挨拶できればよかったんだが、留守にしていてな……彼から、皆様をご案内するよう言付かっている。それではパークを見て回ろう」

貴族たちは目の前の光景に目を丸くした。


それから一時間後……

「うおおおおおおお!? 誰か止めてくれえええええ!」

ボードウィンは超高速でレールの上を走り回る遊具に乗り、絶叫していた。

しばらくして遊具が止まると、よたよたとした足取りでコースターを降りる。

「はぁ……はぁ……アントニオ殿、これは一体、何を目的としているのだ……」

「日常では到底味わえない、非現実的な恐怖とスリルを体験するための遊具だ。左右に揺らしたり、螺旋状に機動したり、超高所から滑り落ちたり、とてもスリリングだっただろう？」

「生きた心地がせんわ……」

「他にも振り子のように揺られながら宙に放り出される感覚が味わえるものや、一瞬の無重力の後にどこまでも落下し続ける塔などもある。どれがお好みかな？」

「ふ、ふむ……ワシはもう二度とごめんだが……確かにこれらは観光の目玉になるかもしれんな……ワシは二度とごめんだが……」

視察のために全てのアトラクションを体験させられたボードウィンが、死んだ魚のような目で呻いた。

とはいえ、多くの貴族たちにとってこのテーマパークは目新しいものだったらしい。

他のアトラクションを楽しんでいた者たちから称賛の声が上がる。

アントニオがボードウィンに声をかける。

「お気に召していただけたかな？」

「召してはいないが、有用性は理解しましたぞ。しかし、このテーマパークとやらがどのような構想に繋がるのですかな」

「あちらをご覧ください」

エリーゼが促す先には、テーマパークの横に作られた二つの転移門があった。

「それぞれ、エルウィンとクローニアのある観光地に繋がっております。三つの国の観光地が、一度に楽しめるのです」

「そうなれば、観光客は三つの国を自由に行き来できるな」

「今まで以上に観光収入が上がるかもしれない」

和平交渉に及び腰だった貴族の間からも、徐々に前向きな意見が聞こえ始めた。

「さらに、このテーマパークの側にはとても美しい海岸があります。まだ開発は進んでおりませんが、和平が実現すれば各国からホテルを誘致することも可能でしょう」

エリーゼが言い切ると、皆が考え込む。

「この前は不幸な事件があったが、やはり神竜文明は偉大だ。我々も恩恵にあやかりたいものだ」

「もはや、戦争外交は時代遅れというわけか」

その様子を見て、ゼクスが密かに耳打ちをする。

「エリーゼのおかげで、なかなかいい流れになってきているな」

「そうかな？　このまま、上手く進めばいいんだけどね……」

集まった来賓たち……この中にいる黒幕、あるいは黒幕と通じている者は、まだ明らかになっていない。

それを一網打尽にするのが、今回の計画だった。

「おっと、姫殿下。一つ気になっていたのですが、あちらにある建物はなんですかな？」

ボードウィンが遠くを指す。

海エリアからはぼんやりとしか見えないものの、遠くに塔のような建造物があった。

「あれは試作品ですので、お気になさらず」

「ふむ。なかなか立派に見えますがな。あれほどの高さがあれば、我が国のエメラルドタワーにも及ぶかもしれません」

エメラルドタワーとは、数ヶ月前にクローニアで完成した巨大な塔である。

魔力が込められた鉱石から大量の魔力を抽出する工場としての役割を持っている。

クローニアの構想では、それらの魔力を魔導具の開発に利用したり、各地に供給して動力として利用することを考えている。

意気揚々と説明するボードウィンに、ゼクスが拍手を送った。

「ボードウィン公爵、お詳しいのですね。テーマパーク脇にある門……クローニアに繋がっている方はエメラルドタワーに転移できるそうですが、恥ずかしながら私は、エリーゼ殿下に伺うまでさっぱり知らず……」

「ほほう、そうだったのですか。いや、何を隠そうこのワシも、エメラルドタワーに出資しておりましてな。ガハハハハ!!」

ボードウィンが大笑いした。

クローニア貴族たちの呆れ顔を見ると、どうやら最近はこの話ばかりしているらしい。

「それでしたら、明日はこちらの転移門を使ってエメラルドタワーに行ってみましょう。エルウィンの皆様にも、我が国の誇る最新建築をご覧いただきたいです」

エリーゼの提案に一同が頷いた。

◆　◆　◆

翌日、南エリアの海底ホテルで夜を明かした一行は、予定通り、エメラルドタワーへ向かうことになった。

テーマパークに向かう自走車の中で、貴族たちは雑談に勤しむ。

「昨夜の城のようなホテルも驚きましたが……しかし、三国を一瞬で行き来できるとは夢のようですな」

「うむ。転移門があれば自走車は必要なさそうですが、そのあたりはどうなのでしょう。エリーゼ殿下」

クローニアの貴族が興味深げに尋ねる。

「こちらの門は、現時点では稼働させられる数に制限があるようでして……」

「ふむ。それは残念だが、自走車と組み合わせることで、広大な竜大陸を自由に移動できるわけですか」

頓挫しかけた和平交渉について、昨日のもてなしを受け、貴族たちはかなり前向きになり始めた。

しばらくすると、自走車が転移門に到着した。

まっさきに転移門をくぐったエリーゼに続き、一同がタワーに足を踏み入れる。

「おお。今日は、貸し切りなのですね」

主にエルウィンの貴族たちが、興味深そうにあたりを眺める。

「ええ。皆様がゆっくりご覧いただけるように、急遽借り切ってしまいました」

「それはありがたい心遣いです。しかし……今日のクローニアは霧が出ていますな……」

「……天候ばかりはどうしようもなくて」

エリーゼが申し訳なさそうにする。

「いやいや、幻想的で乙なものですよ！　海に沈んでいた竜大陸では、高所からの景色は望めませんでしたしな」

エメラルドタワーは大陸で最も巨大な建物だと言われている。

クローニアの最高の建築技術が注ぎ込まれた、三十層にも及ぶ巨大建築であり、内部は魔力の抽出を行うための製造工場だ。

一方、地上に近い数フロアやタワー前の広場は商業区画、最上階は展望エリアとして活用されており、観光の目玉だという。

今回エリーゼたちが転移したのは、展望エリアであるらしい。

窓際に立って外を見下ろしていたゼクスに、エリーゼがそっと耳打ちする。

「それで、どう？」

「心配いらないさ……気付いているか？　先ほどから姿を消した者たちがいる。仕掛けるとしたらそろそろなはずだ」

「……私たちも覚悟を決めないとね」

ドレイクの手記には、神竜を攫い、非道な実験を行っている者たちが、クローニアで暗躍していることが記されていた。

これからゼクスたちの計画は、その者たちを炙り出すための本番を迎える。

「でも少し緊張するな。本当に上手くいくと思う？」

「人は成功した体験に縋るものだ。今度はより上手く、派手にしようとする……あの神竜は現れる。君はもちろん、この私をも葬ろうとするだろう」

「お二方とも、どうなさったのですか？　内緒のお話とは隅に置けませんな。ガハハハハ!!」

こっそりと話し合う二人に、ボードウィンが近づいてきた。

「いや、何。今後の交渉について話していただけですよ」

「そうなのですか？　う～ん……しかし、霧が出ているのが本当に残念ですなあ。晴れていれば、我が国の壮麗な町並みをたっぷりと味わえたはずなのに」

ふと、ボードウィンが腹をさすった。

「味わうなどと言っていたら、腹が空いてきましたな。商業区画では肉汁たっぷりのソーセージと我が国の地ビールを売っておりましてね……うん。折角なので、お二人の分も買ってきますぞ!!」

どてどてとボードウィンが降りの昇降機に向かった。

ところが……

「な、なんだ!?　昇降機が作動しませんぞ!!」

酷く慌てた様子でボードウィンが走り回る。

「ば、馬鹿な!!　扉に鍵が……こ、これは一体!?」

階段へ向かったボードウィンが騒ぐと、貴族たちがざわつき始める。

「故障だろうか？　いつからだ？」

「こんな上空に取り残されるなんて、嫌だぞ!!」

「待て。私たちはあの転移門でやってきたのだ。それを通れば……」

肝心の転移門はというと、なぜか異空間に通じる星屑のような渦が消失していた。

「ゼクス陛下、エリーゼ殿下!!　なぜ、このようなことに!?」

「一体、何があったというのだ!!」

貴族たちが動転して、ゼクスとエリーゼに詰め寄る。

二人は不敵な笑みを浮かべた。


一方その頃、エメラルドタワー前の広場では。

「おいおい……今日はここ、貸し切りだってよ」

「ええ!?　折角の観光日和なのに……」

観光客たちが、エメラルドタワーの目の前で肩を落としていた。

「なんでも、和平の使者として、エルウィンの王様と貴族が来てるんだとよ」

「エルウィンって、俺たちに戦争を仕掛けてきたやつらだろ？　なんでそんなやつらのために……」

その時、エメラルドタワーを見上げていた観光客が空を指差した。

「な、なんだあれ……？」

「女の子……？　翼の生えた女の子だよ!!　空を飛んでるぞ、可愛いな……」

「馬鹿。そんなこと言ってる場合じゃないぞ！　……神竜だ」

少女は禍々しい赤竜へ変身すると、エメラルドタワーめがけて赤黒い熱線を放った。

「おいおいおい、逃げろ!!」

地上の広場に集まっていた人たちが、蜘蛛(くも)の子を散らすように逃げ出す。

赤竜のブレスによって、エメラルドタワーは崩壊を始めた。

◆　◆　◆

赤い神竜による襲撃から数日が経った。

エメラルドタワーの崩落は、クローニアとエルウィンで大きく報じられた。

ブレスによって焼き尽くされたため、残骸の中からは亡骸(なきがら)さえ発見されていない。

偶然にもエメラルドタワーの外に下りていた数名を除くと、生存者は皆無だった。

そして、その数名の中に、ゼクスとエリーゼの名前はない。

クローニアではエルウィンの、エルウィンではクローニアに対して「これは隣国の陰謀だ」とする論調が止まず、両国は疑心暗鬼に陥っていた。

「わしは……エリーゼが哀れでならぬ……」

床に伏せっていたクローニア国王のカールは、息絶え絶えに嘆く。

「心中、お察しいたします……私が姫様を連れ出していれば……」

カールの前で膝を突き、襲撃を生き残った臣下が頭を垂れる。

「真摯に和平を望んでいた心を踏みにじられたあの子の無念が分かるか……!! 全て、エルウィン側の企みに違いない。国境に軍を配置せよ! そしてエルウィンの次は、あの忌まわしい《聖獣使い》だ……!」

「……もちろんでございます。すでに、準備は整いました。カール陛下のお怒り、必ずや晴らしましょう」

「さすが……だな……後は貴公に任せる……」

臣下に指示を出し終えると、カールは眠りについた。

彼は病に侵されている。こうして怒りを露わにしたために、身体に負担が掛かったのだろう。

いずれにせよ、国王の承認を得て、クローニアの侵攻は決定された。

寝入ったカールを見下ろし、臣下の男……宰相のゼノンはにやりと微笑んだ。

◆　◆　◆

クローニアとエルウィンが睨み合っている中、俺……レヴィンとエルフィ、エリス、アーガス、シリウスはとある地下施設の中を進んでいた。

「読み通り、クローニアは侵攻の準備を進めているらしい。たった数日でこれなんだ。大方主戦派がもともと準備をしていたんだろう」

「やっぱり、こうなってしまいましたね……」

祖国の報せを聞いて、エリスは暗い顔をする。

本当は、襲撃事件が起こる前にアイシャさんたちを見つけるのがベストだったのだが……動ける人員が限られていた以上、仕方がない。

「だが、ここでアイシャさんを助け出せたら、馬鹿げた戦いはすぐに終わるさ」

「そう……ですよね。では急ぎましょう。アリアたちのことも心配です」

いつの間にか、エリスがアリアを呼び捨てにしている。

二人きりで鍛錬していただけあって、随分と仲良くなったみたいだ。

「そうだな。先を急ごう」

俺たちは暗い施設をさらに進んでいく。

「しかし……ここはキツイな……」

ドレイクの手記によれば、アイシャさんやスピカはなんらかの実験台になっていたのだという。恐らく、スピカの痣はその影響だ。

彼女たちの嘆きを表すかのように、呪われた神竜の放つ瘴気が施設の中に充満(じゅうまん)していた。

奥に向かうにつれて、より濃くなっていく。

「私の力でなんとか祓いましょう」

アーガスが杖を振り上げると俺たちを光が包み、瘴気がさっと避けていく。

呪いと違って、瘴気についてはいまだ具体的な対抗策ができていない。

完全な浄化はできないものの、一時的に影響を受けなくなるだけでも大助かりだ。

「それにしても、猩々が暮らしていた森の地下にこんな施設があったなんてな」

神竜の少女……スピカとその母、アイシャさんの気配を辿る中で、シリウスは瘴気に溢れた猩々の森に違和感を覚えたそうだ。

「瘴気が濃くて、今まではここを調べられなかったんだ。でも、この奥から、母さんによく似た気配が伝わってくる気がする」

シリウスに先導され、俺たちは施設を攻略していく。道中、見張り代わりか魔獣に遭遇したが、さすがにエルフィたちの敵ではなかった。

そして一本道を通って、終着点と思しき場所に辿り着いた。

「これは……リントヴルムの眠ってた遺跡の扉によく似てるな」

それならば、エルフィが開けられるはず。

「エリス、本当にいいんだな?」

アイシャさんは、スピカを従えるための人質だ。

当然そこには、これまでにいた魔獣以上に強力な、腕の立つ見張り役を置いているだろう。

その人物について、俺にはある予感があった。

「大丈夫です……もし、本当にあの人がいるなら……私が止めなくちゃいけない。他の人に任せたくありません」

「……分かった」

エリスの瞳は覚悟に満ちている。

「皆さん、行きましょう。エルフィちゃん、お願いしますね」

「うん、分かった。開けてみる」

エルフィが神竜の古代言語を唱えた。

――ゴオッ……!!

重厚な扉がゆっくりと開いていく。

その瞬間、凄まじい圧が俺たちを襲った。

「皆さん……この部屋は、いっそう瘴気が濃いようです……」

アーガスがなんとか瘴気を祓うが、それだけが原因ではない。

不快な瘴気に混じって、静謐(せいひつ)で研(と)ぎ澄まされた敵意を感じた。

「やはり来たか」

開けた空間に一人の男が立っている。仮面を付けた、黒ずくめの男だ。

「母さん!!」

そう叫ぶなり、シリウスが部屋の奥に向かって駆け出す。

男の背後には赤黒い液体で満ちた円柱のガラスケースがあり、一人の女性が浮かんでいた。

「シリウス！　待て、危ない!!」

ところが、なぜか仮面の男はシリウスを見逃した。

シリウスがガラスケースの前に立ち、中にいる赤い髪の女性に語りかける。

「母さん……生きてたんだね……迎えにくるのが遅くなって、ごめん……」

普段はボーッとした雰囲気のシリウスが、涙を流して謝っている。

母子の再会をじっと見ていた男が、こちらを向いた。

「さて、よくここが分かったものだ。彼女を解放すればスピカは我々に従う理由を失う。その点において、お前たちの読みは間違っていない」

「ここで、何をしていた？」

俺は努めて冷静を装い、目の前の男に尋ねた。

「何を……か。そうだな。なんでもだ」

「なんだと？」

男が淡々と語る。

「神竜とはどれほどの苦しみや痛みに耐えられるか。より強大な力を引き出すには、どれほどの苦痛を与え、どこまで追い詰めればいいか……」

「……っ!!　私たちのことをなんだと……!!」

エルフィが歯を食いしばり、怒りを露わにする。

仲間を物のように扱われ、怒らない方がおかしい。

俺は彼女の高ぶりを鎮めるように、その手を握る。

「ママ……？」

「俺も同じ気持ちだ。だけど、エルフィが怒りに呑まれたら駄目だ」

握る手に力が入る。

誰だって許せることじゃない。だけど、これがエルフィとの約束だ。

彼女が怒りに呑み込まれないように支え続ける。

それが俺の義務だ。

「非道な実験に何も感じなかったのか、ユーリ殿？」

まっすぐ仮面の男を見据えながら、俺は呼びかけた。

彼はさほど驚いた様子もなく、あっさりと仮面とフードを外した。

「ヒントを与えすぎたか？」

予想通り。仮面の男は、エリスの兄、ユーリ殿だった。

「あなたは、神竜について詳しすぎた。それにその剣筋だって……」

側で見たのは一瞬だったが、それでもユーリの剣技と仮面の男のそれは似通っていた。

「それでどうする？　私は今更、逃げも隠れもしない」

エリスの身内を疑いたくはなかったが、嫌な想像は当たるものだ。

「その前に一つ聞いてもいいか？」

一方で、ユーリ殿の行動は不自然だ。

海底ホテルで、エリーゼはユーリ殿が不可解な事件から守ってくれたと言っていた。それに……

「エリーゼを守っただけじゃない。どうして、レグルスを連れてきて俺たちに稽古をつけたんだ……？　スピカを回収した時だって、積極的に危害を加えたりしなかった」

あの時の実力差は圧倒的だった。あの場で俺たちを始末したり、エルフィを攫うことだって出来たはずだ。

「わざわざここで一人で待っていたってことは、本当は俺たちに止めてほしかったんじゃないのか？」

矛盾だらけの行動だが、あえて俺たちにアイシャさんを奪還させようとしていたのなら辻褄(つじつま)が合う。

「実に甘ったるい妄想だな？　私が一人で待っていたのは、お前たち程度、私一人で十分だからだ」

ユーリ殿がそっと剣を抜く。

「さて、わざわざ実験サンプルを連れてきてくれてご苦労だった。その少女も、我々に渡してもらおうか」

あくまでも、本心を語るつもりはないようだ。ユーリ殿は息を呑むほどのプレッシャーを放つ。

「では、私が相手をします」

真っ先に前に出たのはエリスだった。

「本当にいいのか？」

「先ほども言いましたが、他の人には任せたくありません。エーデルさんの支援も不要です」

《暗黒騎士(ダークナイト)》のエリスは、呪いを反転させる力を持つエーデルが側にいないと寿命が削られていく。

呪いは、後から解呪すれば問題ないが……

この戦いだけは誰にも介入されたくないのだろう。覚悟を決めた彼女にエルフィが駆け寄る。

「エリス、大丈夫です。大丈夫？　家族と戦うなんて……」

「気遣ってくれてありがとうございます、エルフィちゃん。でも、家族だからこそ、ちゃんと向き合いたいんです」

「うん……気を付けてね」

正直、一人で戦わせるのは不安だ。

エルウィン王城でのワイバーン戦や、襲撃時の様子を見るに、ユーリ殿は恐ろしいほどの実力者だ。

だが、それがエリスの望みであるならば、俺はもう止めない。

彼女の勝利を信じるだけだ。

「一人で私の相手をするのか？」

「うん。私が勝ったら、久々に兄妹二人、水入らずで話そう」

「できるものならばな」

二人が地面を蹴る。

兄妹であるからか、その剣術は非常に似通っていた。

相手の攻撃をかわしたかと思うと、その反動を利用して袈裟に斬る……重たい大剣を効率よく振るうため、あらゆる動作が無駄なく、次の一手に繋がっている。

大剣を巧みに操る二人の剣戟の音は、聞いていて不思議と心地好かった。

だが、エーデルの支援がないからか、エリスの表情は苦しそうだ。

「《暗黒騎士》の代償が発動しているな、恐ろしくはないのか？」

「……怖いよ。でも、今の私は戦える。大切な人を、竜大陸の家族を守るためなら……そう思えるようになったのは、レヴィンさんのおかげだよ。死にかけていた私に居場所をくれたから!!」

わずかにユーリ殿のリズムが乱れる。

「ッ……」

一瞬、身体をよろめかせたが、即座に重心をずらして体勢を立て直した。

「随分と腕を上げたようだな。俺がレグルスを連れていった時よりも、さらに強くなったようだ」

「……修業を頑張ったの、兄様だって知っているでしょ？　前は剣を握るのも嫌だったけど、レヴィンさんとアリアのおかげで、頑張ろうと思えた」

スピカに敗北して以来、エリスはアリアと毎日のように剣を交わして、稽古をしていた。

寿命を削る《暗黒騎士》の力を考えると、強くなるために練習するというのは、彼女にとって久々のことだったのかもしれない。

「そうか。だが、想いだけではどうにもならない現実もある」

そう呟いた途端、ユーリ殿の全身から、禍々しい瘴気が解き放たれた。

そして彼の顔に、見慣れた痣が浮かび上がった。スピカやマルスが見せた神竜の呪いだ。

どうして、ユーリ殿が……

「これ以上、手加減はできないようだ……」

「え……？」

直後、目にも留まらぬ速さでユーリ殿がエリスに襲いかかった。

「きゃっ……!?」

エリスが勢いよく壁に叩き付けられる。

「痛がっている暇なんてないぞ」

壁際に追い詰められたエリスに、ユーリ殿が迫る。

そして大剣の重みを感じないほど自在に剣を振るい、無数の剣撃を繰り出した。

「っ……ぁっ……かはっ……」

防戦一方となるエリスを、ユーリ殿が滅多打ちにする。

辛(かろ)うじて防いではいるものの、剣が振り下ろされる度に、背後の壁に凄まじい衝撃と轟音(ごうおん)が伝わっていく。

あれでは防いでいるエリスの身体も、ただでは済まないはずだ。

見ていられなくなった俺は、地面を蹴ってユーリ殿に斬りかかる。

同時にエルフィも前に出た。どうやら、気持ちは同じようだ。

「ママ……!!」

エルフィと一瞬、視線が交差する。

一人で戦いたいというエリスの望みだったが、これ以上は彼女の身が危ない。

俺たちは全身全霊を込めて、ユーリ殿を引き剥がす。

「ッ……ぐっ……」

ユーリ殿の大剣と俺の剣、そしてエルフィの竜爪(りゅうそう)がかち合う。

スピカと戦った時のように、いや、それ以上の力が全身から湧き上がった。

「貴公たちもこの前とは……比べものにならない強さだな……」

これまで余裕を保っていたユーリ殿が、歯を食いしばっていた。

「仲間を守るためなら、強くだってなるさ!!」

エルフィと二人、渾身(こんしん)の力で、徐々にユーリ殿を押し返していく。

「そうか……だが、まだこんなものでは足りない!!」

ユーリ殿がさらなる力を振り絞り、俺とエルフィを弾き飛ばす。それを受け止めたのは、エリスだった。

彼女は体勢を立て直すと、ゆっくりと俺たちの前に出た。

「レヴィンさん、エルフィちゃん、ありがとうございます。おかげで、少し休めました」

「『休めました』って……あまり無理はさせられない。ここからは俺たちが……」

「わがままを言ってごめんなさい。でも、この戦いだけは譲れないんです」

エリスが再び大剣を構え、口の端に滲(し)み出る血を拭った。

ユーリ殿が彼女を見つめ、静かに言う。

「レヴィン殿に従え。無茶をするな……お前では勝てない」

「無茶はどっちですか!!」

エリスが叫んだ。

「兄様の天職は知っています。《耐える者》――痛みや苦しみに耐えることで、強力な力を発揮する、B級天職です」

「B級だって……？」

ユーリ殿はS級天職持ちのエリスと互角以上にやり合っているのに……とても信じられない。

「いくら逆境に強いとはいえ、今の兄様の力は異常です！　一体、何があったの……兄様は今、どれだけの痛みに耐えているの!?」

「……なんのことだ。それよりも、貴公はどうする。俺は全員を相手にしても構わないぞ？」

ユーリ殿が俺を挑発する。

確かに、俺たちが加勢すれば、勝機はあるだろうが……

エリスが首を横に振る。

「いいえ。レヴィンさんたちの手を煩わせるまでもありません」

「力の差は分かっただろう？　たとえS級が束になっても俺には敵わない」

「そうですね。よく分かりました。天職に甘えているだけじゃ、全然、力は発揮できないんだって……」

そう言いながら、エリスはゆっくりとユーリ殿の前に向かった。

「ただ寿命を削っているだけじゃ、兄様には敵わない。今も神竜の呪いに耐え続けている兄様には……」

そういうことか。

ユーリ殿の痣はスピカのそれとよく似ている。つまり、彼女同様、ユーリ殿は神竜の呪いに蝕まれている。

聖獣でさえ耐えられない苦痛を人の身で受けて、無事でいられるはずがないのだ。

常軌（じょうき）を逸（いっ）した苦しみを糧（かて）に、ユーリ殿は信じられないほどの力を発揮していたのだ。

「このままじゃ、兄様の身体はただじゃ済みません。だから、なんとしても止めてみせます」

エリスの全身に、徐々に魔力がみなぎっていく。

「私……無視されても、冷たくされても……兄様のことが大好きです。毎年、私の誕生日を祝ってくれた兄様のことが……だから……」

エリスが歯を食いしばった瞬間、その背から禍々しい赤い光が迸（ほとばし）った。

「ここで兄様を止められないなら……そんな私の命はいりません」

赤く輝く魔力が翼を形作った。

それは見ている俺が気圧されるほど凄まじく……それでいて、どこか温かさを感じる力だった。

そんなエリスをユーリ殿が見据えた。

「自棄ではなく、無私の境地に至ったのか？　フッ、そんな形で《暗黒騎士（ダークナイト）》の代償を克服するとは!!」

エリスはありったけの魔力を剣に込めて構え振りかぶる。ユーリもまた剣を構える。その口元はどこか、笑っているように見えた。

そして、一瞬の静寂の後、全身全霊を込めた互いの一撃が交差した。

激突した二人の衝撃で、施設が崩落していく。俺たちは降りかかる瓦礫を払いながら、戦いの結末を見守る。

そして、土埃が晴れた時、最後まで立っていたのは……エリスだった。

「エリス!!」

力を使いすぎたのかエリスが、足をもつれさせる。

俺とエルフィはその身体をそっと支えた。

「えへへ、やりましたよ、レヴィンさん」

「ああ。凄かったよ!」

「でも、これどうしよう」

エルフィにつられて周りを見回す。

二人の戦闘であたりはすっかり崩壊し、アイシャさんを拘束していたケースも割れている。

シリウスが側にいてよかった……ガラスが飛び散った床に倒れ込みそうだった母親を、しっかり抱きしめている。

「えっと……アイシャさんを解放する手間が省けたということで……」

気まずそうにエリスが笑う。

……そうはならないと思う。

「見事……だ」

一方、倒れ込んでいたユーリ殿がゆっくりと身体を起こし、エリスを賞賛した。

それを見て、俺たちはゆっくりと近付く。

「俺の負けだ。後は好きにしろ」

剣を杖のようにして立つユーリ殿に、エリスは溜まりに溜まった感情をぶつけた。

「聞きたいことが山ほどあります。なんで……なんで、私のことを無視してたんですか」

「……事情があった」

「事情ってなんですか!? なぜ、スピカさんとアイシャさんがあんな目に遭ったんですか!? どうして兄様が協力しているんですか!? 本当の狙いはなんですか!? 今回の事件に関与した人間を全員教えてください!」

「……エリスよ、さすがに質問が多すぎ——」

「何より……!!」

ふらつくユーリ殿の身体を、エリスがそっと抱きかかえた。

「どうして、こんなにボロボロになってるんですか……？」

今の戦いでユーリ殿のまとっていた衣服が破れ、素肌が露わになっている。

おびただしい痣が刻まれた、見るも無惨な肌だ。

以前、ユーリ殿は苦しそうに血を吐いていた。

「治せない」と言っていたそれは、呪いが原因なのだろう。

「……察しの通り、これは神竜の呪いによるものだ」

ため息交じりにユーリ殿が口を開いた。

エリスに支えられながら、ゆっくりとアイシャさんの方へ歩いていく。

「神竜は家族や仲間への愛情が深い生き物だ。二人を実験に使っていた研究者たちは、その性質を利用して、アイシャさんの命を盾にスピカの憎しみを煽った。スピカは徐々に憎悪に呑まれ、強大な力と引き換えに呪われた存在となったのだ」

エルフィは強い力を持つ一方で、仲間を思いやる優しい心を持っている。

その優しさが憎しみに変化すると、スピカのように恐ろしい存在になってしまうのだろうか。

「じゃあ、どうして兄様はそんな悪事に加担したのですか？」

「……これだ」

ユーリ殿が服で覆い隠されていた首元を見せる。

そこには魔力でできた鎖がかかっており、彼の首を強く絞め付けていた。

見ているだけで鳥肌が立つような、邪悪な力を感じる。

「この鎖は服従の証だ。やつらは自らの血を飲ませることで、様々な呪いを掛けることができる。俺の場合は、逆らったらスピカたちと、そしてお前が死ぬ……といったものだ」

「私の命を盾に……？」

「悪趣味なやつらだ。俺が葛藤し、あがく様が好きらしくて、大した命令をしてこなかったが……先の襲撃には手を貸せと言ってきた」

皮肉めいた口調でユーリ殿が言う。そうか、神竜たちとエリスを人質に取られていたから、連中の陰謀に加担し、一方でそれとなく俺たちがこの事態を打破できるように手を貸していたのか。

「そんな得体の知れない連中と、どこで知り合ったんですか？」

「やつらはクローニアの中枢に入り込んでいた。貴族として、商人として……あるいは宰相として」

クローニアの宰相……誕生会の場にもいたゼノンか。

彼こそが、この悪魔のような所業の首謀者だというのか？

「俺はその事実に気が付かなかった。偶然、謎の一団によって遺跡に監禁されている神竜を見かけた時、彼女たちの力がクローニアのためになると信じ、勇んで宰相のゼノンに救出を進言した。だが、彼こそが彼女たちを攫い、クローニアを蝕む真の黒幕だった。俺はエリスたちの命を盾にされて、連中の実験台にされた。この呪いはその過程で受けたものだ」

自らの過ちを思い出しているのか、はたまた呪いで苦しんでいるのかユーリ殿は片手で頭を押さえる。

「やつらは笑いながら、理性を失って暴走したスピカに俺を襲わせた。実験と称してな。その時の傷が、今もこうして身を蝕んでいる」

ユーリ殿には神竜と黒幕たち、二つの呪いが掛かっていたのか。

「そんな……」

目端に涙を浮かべながら、エリスがユーリ殿を抱きしめた。

当然だ。身内のこんな話を聞かされて、耐えられるはずがない。

「一つ、聞いていいか？」

「なんだ、レヴィン殿？」

「どうやって遺跡を見つけたんだ？　話を聞く限り、任務や観光ってわけじゃなさそうだし……よほどしっかり探索していないと気付かないと思う」

「……なんのことだ？」

「もしかして、他に目的があったんじゃないか……？」

しかし、ユーリ殿は話を打ち切ろうとする。

「今となってはどうでもいい話だ。どうせ、俺の命はあとわずかだからな」

「え……？」

その一言に、エリスが言葉を失った。

「当然だろう？　神竜の呪いに人が耐えられるわけがない。今日までなんとか生き延びたが……先の戦闘で力を使い果たしたからな。もう長くないと悟った」

「ま、待ってください、兄様!!」

ユーリ殿が心配するなとでも言いたげに、エリスの頭をそっと撫でた。

「そう気に病むことはない。俺はエリーゼ殿下の暗殺計画に加担した間抜け（まぬけ）だ。ここで死んだ方が、お前の将来のためになる。幸い、お前自身が俺を討ち倒したことで、ルベリア家が汚名を被ることも、お前が反逆者の身内として謗（そし）りを受けることもなかろう。これまで冷たくしてきた甲斐があるというものだ」

「勝手なこと言わないで!!」

しかし、そんな言葉で納得するエリスではない。

俺だって、怒りが湧いた。

ユーリ殿がどう思おうが、エリスは彼を止めるために命を懸けたのだ。

自らの命を諦めるような態度は、彼女の覚悟を無下にするようなものだ。

「そんな理屈じゃ誰だって納得しない。実の兄妹ならなおさらだろう？」

「……だが、俺はそれほどの罪を犯したのだ。悪人の企みを見抜けず、人道から外れた実験を許した。ならば、命であがなうのは当然だ」

「だからって……勝手に死ねるなんて思わないでくれ」

これ以上話しても、埒（らち）が明かない。

俺は強引に、ユーリ殿を抱え上げると、肩の上に担いだ。

「っ……な、何を!?」

「神竜の呪いを解く方法ならあるんだ。みすみす死なせるようなことはしない」

確かに、彼の受けた呪いはかなりのものだが、仲間の力を借りればすぐに解けるはずだ。

「ま、待て……神竜の呪いだぞ？　そう易々（やすやす）と……」

その言葉を無視して、俺たちはさっと転移門を繋いでくぐった。

エリスのためにも、彼を死なせるわけにはいかなかった。

◆　◆　◆

エリスとユーリが戦っていた頃。

エルウィン南部の平原を、クローニアの主力軍が覆い尽くしていた。

彼らは王都ウィンダミアを目指して進軍していたが、その歩みを、一人の少女によって止められていた。

「馬鹿な……相手は一人。たった一人だぞ……？」

「はぁ……はぁ……はぁ……」

その猛攻を、少女——アリアはたった一人で防いでいた。

ふわりと空に浮かんだ彼女の目の前には、平原を覆い尽くす巨大な魔力の障壁が展開されている。

「私はもう……二度と膝を折らない……この程度の攻撃を捌（さば）けなかったら、エリスに笑われちゃう……」

「《神聖騎士（セイクリッドナイト）》のありとあらゆる能力を、守るためだけに使ったのか。この私でも突破できないとは、末恐ろしい少女だ……」

この不可解な侵攻に不審を抱きながらも、総司令官のレグルスは全力で任務を全うしようとした。

《剣皇（けんおう）》としての持てる力の全てを出し切って、アリアの展開する障壁を破壊しようとしたのだが、アリアは見事に防ぎ切ってみせた。

悔しそうな言葉とは裏腹に、レグルスの表情は穏やかだった。

「レ、レグルス閣下!! その、例の新兵器を使うと、ゼノン殿が」

「巻き込まれればただでは済まんな。よし、全軍に退却を命じよ。殿は私が務める」

「は!!」

レグルスだけを残して、クローニア兵たちが一斉に撤退する。

「レグルスさん……」

アリアはレグルスをじっと見下ろす。

この場においてもっとも警戒すべき相手だ。まだ気を緩める訳にはいかない。

「これより我が国が誇る最新兵器による、最大火力の攻撃が放たれる。あのリントヴルムの放つブレスの数倍もの威力を誇るものだ。決して気を抜くなよ」

「え……？」

困惑するアリアを前に、レグルスが話を続ける。

「しばらく前に、警備強化ということで国境に主力が配備された。和平交渉が進む中で妙な動きだと思ったが、先日の事件を聞いて合点がいった。エリーゼ殿下が暗殺されることを知っていたかのようだ。我が国で何やら陰謀が進行していそうだ」

「どうして、それを私に……」

「私はクローニアの騎士だ。証拠がない中、私情で任務を放棄するわけにはいかない。こうして独り言を漏らすのが精一杯だ。その上で、無茶を言う。必ず耐えてくれ……」

その言葉に嘘はない。

そう判断したアリアは、これから来る一撃に備え、障壁をいっそう堅牢にする。

そしてレグルスがその場を後にした直後、禍々しい魔力の砲撃がアリアを襲った。

「っ……ぁ……がぁああああああああああああああああ!?」

気を失いそうになるほどの衝撃にアリアが絶叫する。

その熱量はあまりにも凄まじく、人の身で受けるなど馬鹿げているように思えた。

「大丈夫……レヴィンたちならきっと、アイシャさんを助けてくれる……!!」

当初の予定では、竜大陸の戦える者たちで、クローニア軍を抑えるはずだった。

しかし、相手の出方が分からない以上、リントヴルムを危機に晒すわけにはいかない。

ゆえにアリアは、一人で前線を守ることを心に誓った。だから、この防衛を失敗させるわけにはいかない。

「レヴィンもエリスも頑張ってる……だから、ここは絶対、私があああああ!!」

全身の骨が砕かれそうなほどの衝撃に耐えながら、アリアは全身の力を振り絞る。

すると、背中から青白い魔力の翼が広がり、障壁がいっそう強固になった。

そしてついに、アリアは砲撃を防ぎきった。

砲撃の消失と共に、障壁が砕け散る。彼女は無防備な状態で地上に落下していく。

（まずい……着地する力も残ってないかも……）

　このままではろくに防御もできないまま、地面に叩き付けられる。

「ごめん……レヴィン……」

　目を瞑り、大切な者への謝罪を口にした、その時だった。

「誰にごめんだって？」

　宙に放り出されたアリアの身体は、何者かによって抱き留められた。

　彼女はゆっくりと目を開ける。

「レヴィン……？　来てくれたの？」

「ああ。遅くなってすまん」

　翼を生やしたレヴィンが、地面にゆっくりと下りる。

「空を飛んでいる姿、初めて見たかも……ガオーッて感じでカッコいいね」

「ガオーッてなんだよ……」

　呆れたようにレヴィンが笑う。

「さて、そろそろ仕上げだ。この茶番を終わらせてくるよ」

　レヴィンはアリアを安全な場所に移動させると、再び空へ飛び上がった。

◆　◆　◆

俺――レヴィンは仲間たちと共に、敵の本拠地に向かっていた。

「おお!!　レグルス殿でさえ破れなかった障壁を、一撃で破壊するとは!!」

クローニア軍の拠点から、兵士たちの歓声が聞こえてくる。

「皆様ご覧になりましたか？　この新兵器の威力を」

漆黒の砲台を撫で、宰相のゼノンが感情を込めて語る。

「我らが愛するエリーゼ殿下を、卑怯(ひきょう)にも謀殺(ぼうさつ)した罪……その代償を払わせましょう！」

「そうだそうだ!!」

「エルウィンのクズ共に鉄槌(てっつい)を!!」

エリーゼはクローニアの国民から広く愛されていた。

だからこそ、兵の士気は高いようだ。

「では、もう一撃……次こそは空っぽの玉座ごと、王都を蒸発させてやるとしましょう」

「それは困る。ゼクスはまだ生きてるからな」

直後、エルフィが放ったブレスによって、クローニアの新兵器とやらはあっという間に壊れた。

「な、なんだ？　何が起こってるんだ？」

「敵の襲撃か？」

兵たちが慌てふためく中、翼を広げた俺は地上に舞い下りた。

ついでに、ここまで運んできたゼクスを下ろすと、クローニア兵たちが色めき立つ。

「な、なんでエルウィンの王様がいるんだ!?　殿下と一緒に死んだはずでは……！」

「いいえ、違います!!」

戦場に、凛とした声が響き渡った。

魔力で増幅されたその声は、兵たちを一瞬で黙らせる。

兵の一人が呆然と呟く。

「ま、待てよ……今の声は……？」

少しして、エルフィが俺の側に下りてきた。

その腕の中には、エリーゼがいる。

「エ、エリーゼ殿下⁉　殿下がいる⁉」

「い、生きていらっしゃったのか⁉」

先ほど以上に兵たちが動揺している。

暗殺されたと思っていたエリーゼが、こうして目の前に現れたのだ。無理もない。

「皆様、聞いてください！　わたくし、エリーゼはこうして生きています。全ては陰謀だったのです!!」

俺は先ほど破壊した兵器を指差した。

「あれを見るんだ」

兵たちが一斉にそちらに視線をやる。

解体された兵器の中で、手枷(てかせ)を付けられたスピカが気絶していた。

「あれは神竜を利用した兵器だ。ゼクス陛下とエリーゼ殿下を暗殺した赤い神竜が、どうしてそこにいると思う？」

「ど、どういうことだ？」

「エルウィンと争わねばならないこの状況は、宰相ゼノンの陰謀だったのです！　わたくしを葬って開戦の口実とし、その力でエルウィンを滅ぼそうとしたのです」

エリーゼの宣言に、みなが一斉に動揺を示す。

「た、確かにそう考えれば……辻褄は……」

「だからってエルウィンや《聖獣使い》を信じるのか？　あいつらは前に我が国に侵攻してきたんだぞ!!」

「だが、暗殺がやつらの仕業なら、彼らが殿下と一緒にいるはずないぞ……!!」

兵たちの混乱をよそに、一人の男が笑い出す。ゼノンだ。

「クックック……まさか、殿下が生きておられたとは。どんな手品を使ったのですかな？」

「単純な話です。二日目にわたくしたちが向かった場所は、エメラルドタワーではありません」

エリーゼに続けて、ゼクスが説明する。

「リントヴルムの背中に建造したエメラルドタワーそっくりの建物、そこに我々は転移した。その事実を知らずに、黒幕はまんまと誰もいない場所を焼いたというわけだ」

ゼクスの襲撃予測に、俺がアイディアと資材を提供したことで実現した計画だ。

パーティー参加者を竜大陸に隔離し、尋問する。

クローニアのエメラルドタワーが襲われたことを知らせると、黒幕が自分たちごと始末するつもりだったと気付いたのか、裏切っていた貴族たちは罪を自白した。

そして今日まで、他の貴族と共に身を隠してもらっていたのだ。

上手くいったようで、本当によかった。

「ああ、なるほど。それは見事な機転です。うんうん、素晴らしい!!」

小馬鹿にしたようにゼノンが手を叩く。あの気弱な様子も、全ては演技だったようだ。

「お前の目論見はこれで破綻した。エリーゼの命を狙って、二つの国を混乱させた罪は重い。大人しく捕まってもらうぞ」

ゼクスが油断なく剣を抜く。

「お若いながら、随分と勇ましいことですな。ですが、此度の計画など些細なこと。肝心のスピカが我らの手にあれば、問題は……」

ゼノンがチラリとスピカに視線をやるが、もはやそれは叶わない話だ。

「アイシャさんならすでに救い出した。スピカはもう、お前なんかには従わない」

スピカを捕まえようとしたゼノンの右手が、宙を舞った。

「う、うぎゃぁああ!?　な、な……貴様どうして!?」

己の右手を斬り捨てた男——ユーリ殿を見て、ゼノンが動揺する。

「エリスたちの命を代償に、私を服従させる。それがお前たちの掛けた呪いだったな」

「そ、そうだ!!　やつらの命が惜しかったら……」

ユーリ殿は剣の切っ先をゼノンの喉元に向ける。

「ひっ……」

「試してみるか？　現に私はお前に反旗を翻(ひるがえ)している。呪いとやらで止めてみたらどうだ？」

挑発するように剣を揺らすと、ゼノンは眼光を鋭くした。

「愚かな……本気で死にたいようだな。望み通り死なせてやろう！　我が呪いよ、成就(じょうじゅ)せよ!!」

ゼノンが天に両手を掲げるが、何も起こらない。

「なんだ？　何が起こっている？　ええい、成就せよ!!」

「さ、宰相殿は何をやっているんだ？」

兵たちがゼノンの様子を見て戸惑っている。何人かは苦笑しているようだ。

「フッ、知らなかったのか？　《聖獣使い(ホーリーテイマー)》の仲間には解呪のエキスパートがいるんだ」

「馬鹿な……下等な人間に我らの呪いが解けるはずが……」

「ほう。この私が人間に見えますか？」

狼狽(ろうばい)するゼノンの目の前に、バイコーンのエーデルが現れた。

「ひぃっ……!?　せ、聖獣!?」

俺は召喚したエーデルに手を振り、ゼノンのもとへ向かう。

「そういうことで、お前の計画は全て台無しになって、神竜の親子も無事に解放されたというわけだ。実にめでたいと思わないか？」

「ふ、ふざけるな……こんな……私が人間ごときに……」

後退りするゼノンをエリーゼが制する。

「もう逃げられませんよ。あなたの卑劣な企みが明らかになった以上、ここにいる兵たちはあなたを逃がしません。今の彼らなら、必ずや正しい判断をするでしょう」

「フッフッフ……アーッハハハ!!」

この期に及んでもまだ、ゼノンは余裕を崩さない。

「残念でしたな、姫様。人間が必死に研究している転移の術。私はあれが使えるのですよ」

その往生際の悪さに、俺は少し呆れてしまう。

「余裕そうに笑った癖に、ただ逃げるだけか……」

「ええい、黙れ！　今回は、そちらの勝ちにしてやる。だが、この程度で図に乗らないことだ。私たちの深遠なる理想のためには、この敗北さえ糧となる。ゆめゆめ忘れるなよ」

ゼノンの足下に魔法陣が展開される。

「逃がすと思うか？」

目にも留まらぬ速さでユーリ殿が斬撃を繰り出した。

「ひっ!?」

それは相手の胸を深く斬り裂いたものの、捉えきることはできなかった。

転移の術が発動してしまい、ゼノンは姿を消す。

「チッ……一歩遅かったか」

ユーリ殿が口惜しそうにする。

「ですが、計画は阻止できました。まずはそれで、よしといたしましょう」

エリーゼの言う通りだ。

両国の争いの裏には、ゼノンの暗躍があった。

真の目的は明かされなかったものの、なんとか最悪の状況だけは阻止できたのだ。

第五章

クローニアの侵攻から二週間ほど。

ゼクスとエリーゼを含む貴族たちの無事が判明し、状況は大きく変わった。

宰相ゼノンの企みが表沙汰（おもてざた）になり、彼と通じていた貴族が次々と捕縛されたことで、クローニア国内は大混乱に陥った。

一方のエルウィン国内でも、クローニアの自作自演に対し、一部では報復論が湧き起こった。

しかし……

「ガハハハハ!!　戦争など馬鹿らしい!!　これからは神竜貿易の時代ですな!!」

リントヴルムの背に築かれた市場で、ボードウィン公爵が大笑いしていた。

俺はそれを見て、市場の視察に来ていたゼクスにこっそりと耳打ちをする。

「調子がいいよな。最初は、エルウィンとは絶対に和解する気はないって雰囲気だったのに」

「そう言うな。最終的に和平がまとまったのは彼のおかげだからな」

「とても信じられないな……」

完全に和平交渉が頓挫しようとしていた時、ボードウィン公爵は神竜の有用性を説いて、反発する両国の貴族を説得してくれたらしい。この市場に参加するために、必死に議論の流れを変えようとしたのだろう。

彼の情熱的な弁舌（べんぜつ）によって、渋る貴族も交渉がまとまった方が自分たちの利益になると考え始めたそうだ。

その活躍によって、竜大陸の市場は、数日前に本格的に稼働し始めた。

早々に市場に参加したことで大儲（おおもう）けしたらしく、ボードウィン公爵はギラギラした悪趣味なアクセサリーを身に付け、上機嫌だ。

「だが、一番大きかったのは、先の侵攻で犠牲者が一人も出なかったことだ。君の力がなければ、こんなに上手く進まなかっただろう」

「俺じゃないよ。仲間たちの力だ」

エメラルドタワーをこのリントヴルムに忠実に再現したことで、ゼクスとエリーゼの暗殺を防ぐことができた。

あの塔を寸分の狂いもなく再現したのは、建築家のアントニオの力だし、クローニアの大軍を抑えてくれたのはアリアの力だ。アイシャさんを取り戻したのもエリスのおかげだ。

万が一に備え、ワイバーンたちに頼み、クローニアの進軍経路にいたエルウィンの住民を竜大陸に避難させたが……彼らも無事、故郷に帰すことができた。

「そうだな。改めて、みんなに礼を言わなければ」

さて、そんな訳で、リントヴルムと二つの国を結ぶ大規模な市場が完成した。

転移門は両国の王都に置かれ、たくさんの商人が市場で鎬(しのぎ)を削っている。

竜大陸で商品を仕入れては、地上で売りさばいており、両国の経済活動はこれまでになく活発になっていた。

参加を希望する商人は後を絶たず、市場はまだまだ敷地を拡大させるだろう。

「今は観光客も受け入れてるんだろう？」

「ああ。海がある竜大陸の南エリアをリゾート地として開発して、二つの国からも色んな宿泊所や食品店を誘致したんだ。王都観光に訪れたらこっちにも寄って、自走車で旅をするってプランが人気みたいだ」

まずは数十人、数百人ずつ客を迎えており、市場とリゾート地を運営する俺たちの資金は増えつつある。また、来訪者たちからほんの少し魔力を徴収するというルールを採用したことで、運用できる魔力量が増加した。

住民数に変化こそないものの、リントヴルムの魔力はかなり回復したそうだ。

「それと、実は三つの国で協力したい内容がもう一つ増えたんだ」

ゼクスが怪訝そうな顔をする。

「初耳だな。一体なんだ？」

「ゼクスくーん、レヴィンさーん!!」

聞き慣れた声が響く。

「エリーゼ、君も視察に来ていたんだな」

「それもあるけど、ゼクスくんに別件の相談をしに来たの。実は今、クローニアとリントヴルムで技術協力をしようって話になってるんだ」

「技術協力か？」

「それについては私が説明しよう」

俺たちの背後から、アントニオがぬっと現れた。

「私は天才的な建築家だが、一方で魔導具の技術には疎い。この都市はリントヴルム殿の成長に合わせて様々な古代文明の魔導具が利用できるようになったが、内容を正確に把握することは難しいのだ」

「ということで、私とうちの国の技術者たちで、そういった古代の技術を研究しようっていう話が出てるの。もちろん、エルウィンの人にも参加してほしいんだけど、どうかな？」

「それは願ってもない話だ。だが、レヴィン、いいのか？　古代の神竜の技術を他国に公開して」

「構わないよ。神竜の力を独占するつもりはない。俺たちはこの世界で、一つの国として穏やかに暮らしたいだけなんだ」

そのためなら、戦争を止める協力もするし、色んな国が豊かになるための助力だって惜しまない。

これは都市で暮らしているみんなと話し合って決めた、リントヴルムの方針だ。

「コホン。改めて、我がクローニアも友好国として、貴国と国交を結ばせていただきたいです。いかがでしょうか？」

「もちろんです、エリーゼ殿下。これからもよろしくお願いします」

こうして、竜大陸はエルウィンとクローニア、二つの国と友好関係を結んだ。

三つの国を結ぶ転移門のおかげで、これから、俺たちはもっと豊かになるだろう。

リントヴルムの背に移住して数ヶ月、全ては順調に進んでいた。

一方その頃。

エルウィンとクローニアの国境にある、深い森にて。

男――ゼノンは胸部の傷を押さえながら、森を彷徨っていた。

「はぁ……はぁ……どうして私がこんな目に……」

ユーリに斬りつけられた傷は深く、転移こそ成功したものの、自由に歩き回れるようになるまで時間がかかっていた。

「ユーリ・ルベリアめ、余計な真似をしてくれる……!!」

ゼノンが恨みを口にする。

このような手傷を負わせられるとは、まったく予想だにしてなかった。

「魔族の貴重な血が失われるなど、あってはならないことだぞ!!　かくなるうえは、我ら一族の総力をもって、クローニアを滅ぼしてやる……」

側にある木を乱暴に殴りつけたゼノンが、ふと邪悪な笑みを浮かべる。

「いや……どうせならもっと苦しめてやろう。やつには大切にしている妹がいた。そいつを捕まえ、目の前で拷問し――」

「そんな機会が訪れると本気で思ってるのかね、あんたは」

森の中に、どこからともなく男の声がこだました。

ゼノンは警戒し、慌ただしく周囲を見回す。

「だ、誰だ!? どこに隠れている!?」

「おいおい。お前たちが実験台にした男の声を忘れたのか？ あんなに濃密な時間を一緒に過ごしたのに、薄情なやつだ。散々、悲鳴を聞かせてやっただろう？」

その言葉を聞いてゼノンの表情が一変する。

相手は自分の素性を詳しく知る者だと察したのだろう。

「痛かったんだぜ。苦しかったんだぜ。自分の身体が、人でない何かに作り替えられていく感覚……とても口では言い表せないほどだ」

一向に姿を見せずに語る声に、ゼノンは苛立つ。

「今更、恨み節か……下等な人類がどう苦しもうが、私の知ったことではない!! さっさと姿を見せろ。ドレイク!!」

苛立つゼノンの声が森の中に響き渡る。

「……そうだな。お前たちと、俺たちとでは価値観が違いすぎる。仲良くおしゃべりをしようだなんて思っちゃいないさ。だから――」

刹那、昏い森に殺気が奔った。

ゼノンめがけて、巨大な竜の腕が振り下ろされる。

「ぎゃひいいいいいいいいっ!!」

悲鳴を上げ、ゼノンは絶命した。

「散々俺たちを苦しめたわりには、呆気ない最期だったな」

特にこれといった感慨も見せず謎の声の主――ドレイクは、返り血を振り払い、【邪竜化】した右腕を人のものに戻した。

「計画を潰された時は、目障りだと思ったものだが……あの《聖獣使い》、意外と役に立ったな」

不敵な笑みを浮かべながら、ドレイクはその場を後にする。

その内心も目的も、誰にも明かさないまま。

◆　◆　◆

三国を結ぶ市場が軌道に乗ってしばらくが経った頃、俺とエリスはある人物に呼び出されていた。

都市の南側の海中に築かれた、海底ホテルの屋上庭園だ。

そこにはユーリ殿がいた。

「神竜の文明と聖獣の力が生みだした海底の都市か。これほどの文明が、遥か古代に築かれていたとはな」

　ユーリ殿は庭園から周囲の遺跡を見回す。

　都市と同じように朽ちてからしばらく経っているが、それでもその威容は見事と言うほかない。

「クローニアが侵攻を開始した際、侵攻経路の住人をここに避難させていたそうだな？」

「ええ。一人も犠牲者を出さないためにこのホテルと、内装を修復した周囲の海底遺跡にも避難してもらいました」

「エメラルドタワーの模造といい、本当にでたらめな力だ。連中がその力を欲しがるのも頷ける」

　もしかして、呼び出したのは、神竜を実験台にしていたやつらについてだろうか。

「いろいろと話したいことがあるのだが、残念ながらあの連中については、私の知る情報は極めて少ない。分かっているのは、連中が魔族と呼ばれる、かつて人類と敵対した種族であること。我が国に密かに潜り込んで、なんらかの目的のために暗躍していたこと。そして、魔族はゼノン一人だけではないということぐらいだ」

「かつて世界を支配していた覇王の眷属（けんぞく）……」

　今の時代に残る伝承は極めて少ないが、いずれの伝承でも魔族は完全に滅びたとされていた。

　まさか、現代まで生き延びていたとは。

「本題に入ろう、レヴィン殿。貴公には今回、随分と世話になった」

「私からもお礼を言わせてください、レヴィンさん」

ユーリ殿とエリスが深々と頭を下げる。

「確かに、かなり世話を焼きましたね」

「え、えっと、レヴィンさん。そこは『そんなことはない』と謙遜するところでは……？」

エリスが戸惑ったように言う。

世話をしただけではなく、ユーリ殿にはかなり呆れてしまった。

「俺の命はあとわずかだからな」などと言っておいてピンピンしているのは、エーデルやアーガス、猩々たちによる解呪と治療のおかげだ。

だから冗談くらいは言わせてほしい。

「いずれにせよ……私の命があるのは、貴公のおかげだ。少なくともエリスを悲しませる結末にはならなかった。この結果を、アイシャとスピカが許してくれるとは思えないがな」

「二人なら今も眠っている。カトリーヌさんの見立てだと、『呪いは解きましたが、意識を取り戻すのには時間がかかりそうです』とのことだ」

「そうか……」

ユーリ殿は二人の実験を止められなかったことを悔やんでいるようだ。

目覚めたスピカたちが何を考えるにしろ、それを受け止めるのは彼の責任だと思う。

気まずい沈黙が落ちてしまったので、俺はかねてから思っていたことを尋ねた。

「ユーリ殿って、実はかなりのシスコンだよな」

「レ、レヴィンさん!?　急に何を言い出すんですか!?」

「そうだ！　私は……私はそのような俗な人間ではない!!　取り消してもらおう!!」

エリスが顔を真っ赤にし、無愛想なユーリ殿も珍しく感情を露わにした。

しかし、俺にはそうとしか思えない。

「いろいろ考えてみたんだが、監禁されているスピカたちを発見できたのって、多分神竜の遺跡を探していたからだろ？　だとしたら、エリスのためじゃないのか？」

誕生日に珍しい花を贈ったり、地下施設での戦闘で気遣ったり……これまでの出来事で、俺はユーリ殿が今もエリスのことを大切に思っていると確信した。

そんな人が冷たい態度を取るようになったのは、彼女が《暗黒騎士（ダークナイト）》だと判明してからだという。

「……なんのことだ？」

ユーリ殿は隠し事をするのが苦手のようだ。

答えたくないことは、いつも「なんのことだ？」でごまかそうとする。

大した付き合いではないが、この人の不器用さがなんとなく分かってきた。

「に、兄様!!　こっちを向いてください。それはどういうことなのですか？」

エリスが必死に聞き出そうとする。

俺はユーリ殿に代わって、こう言った。

「エリスの天職は強力だ。だけど、その力を引き出すには寿命を代価として支払う必要があった。だから、その呪いを解くために、神竜に縋ったんじゃないか？」

神竜が最後に目撃された覇王との戦い……その決戦の舞台はエルウィン王国だ。

そこになら神竜の手がかりがあるはずだと考え、ユーリ殿はエルウィンを訪れたのではないか。

神竜はすでに滅んだとされていた幻の種族だが、妹の代償を克服するために、ほんのわずかな可能性にかけたのかもしれない。

もちろん、確証はない。

だけど、素直じゃないユーリ殿の性格と、見え隠れするエリスへの愛情から、そんな推測が頭に浮かんでいた。

「……今となってはどうでもいいことだ」

「前に目的を尋ねた時も、同じようなセリフでごまかされたんだが……」

「……くっ」

図星だったらしいユーリ殿が、悔しそうに黙り込む。

「そう……だったんですね。私のために……とても嬉しい。嬉しいけど……同時に複雑でもあります」

ユーリ殿の不幸のきっかけが、自分にあったと考えているのか。

だけど、エリスは兄の真意を知りたいはずだ。

話したくないユーリ殿と、知りたいエリスだったら、俺は断然彼女に味方する。

「エリスのために動いていたのに、無関係の人たちをいっそう不幸にしてしまった。これほど自分を責めたくなる出来事はないからな」

ここまで俺が語ったところで観念し、ユーリ殿がゆっくりと話し出す。

「……レヴィン殿の言う通りだ。理由はどうあれ、私は無関係の者たちを不幸に追いやり、エリスも救えなかった。結局、呪いを解決したのは貴公だからな。だから、兄を名乗る資格はない」

自分のしでかしたことの大きさを振り返るほど、大事な人間に顔向けできなくなるものだ。

その意識が、彼をドツボにハマらせたのかもしれない。

「そ、そんなことありません!!」

ユーリ殿の言葉を、エリスがきっぱり否定した。

「確かに……悲しい出来事はありました。だけど、私のためにという兄様の想い、とても心に染みました。ずっと、嫌われたと思っていたから……」

エリスの目の端に涙が浮かぶ。

「だから、兄の資格がないなんて言わないでください!!」

ユーリ殿の意地も、エリスにとっては関係ないことなのだろう。

どんな理屈をこねようが、彼女にとって兄と元の関係に戻れること以上に大事なことなどないのだから。

「確かに、ユーリ殿は自分が許せないかもしれない。だけど、エリスはあなたが生きていてくれて本当に喜んでいるんだ。だからこれからは、今まで過ごせなかった分、エリスの兄として過ごしてほしい」

「分かった。努力する……」

ユーリ殿がエリスの頭を撫でると、そっとその身体を抱き寄せた。

涙を浮かべていたエリスは、やがて嗚咽を漏らしてユーリ殿の胸に頭を預ける。

母を失い、父の言動に振り回され、実の兄にも冷たくされていたエリスは家族への愛情に飢えていた。だが、これからは歩み寄ることができるはずだ。

神竜を利用していたゼノンを取り逃がしたり、尻尾を掴ませない魔族だったり……気になることはまだいくつかあるが、今はこの結末を喜ぼう。

「しかし、レヴィン殿」

二人の時間を邪魔しないようにそっと出ていこうとすると、なぜかユーリ殿が俺を引き留めた。

「えっと……何か？」

「いや何。貴公は本当に信頼できる人物だと思ってな。こうして命があるのも、エリスと兄妹に戻れたのも、貴公のおかげだ。私としても多くの借りを作ってしまった」

褒められている……んだよな？

でも、なんだか言葉の裏に圧を感じる。

「だが、エリスとの仲を認めるかは別の話だ」

「……は？」

「に、兄様!?」

突如、ユーリ殿がとんでもないことを言い出した。

「えっと……な、何を言ってるんだ!?」

本当に何を言っているんだ。

あまりにも突然の話で、驚くことしかできない。

「貴公はエリスと同棲しているな？」

「同じ家に住むことを言っているのであれば、事実ですが……」

だが、あの家には俺の家族たちも住んでいる。

兄として、妹が上手くやれているか心配ということだろうか？

「これまでの話で、貴公がエリスをとても大切に想っているのがよく分かった」

「そ、そうなのですか!?」

エリスが興味津々といった様子でこちらを見つめる。

「勘弁してくれ……」

確かに仲間として大切に思っているが、ユーリ殿は何か勘違いしている！

しかし、彼は止まらない。

「だが、エリスは私にとって大事な妹だ。その恋人については、家柄、性格、容姿、実力、甲斐性、ありとあらゆる面から、厳正なる審査をする!!」

「に、兄様、それはさすがに過保護――」

「いいや、エリス。お前はこれまで誰とも交際したことがないのだから、これぐらい慎重でなければならない。そうは思わんか!?」

なぜか俺に尋ねてくる。

ずっと、何を考えているか分からないお兄様だったが、どうやら推測通り、かなりのシスコンだったようだ。

「あくまでも俺は仲間として信頼しているだけで……下心があるわけじゃありません!!」

「なんだと!?　こんなに可愛い妹に、なぜ魅力を感じない!?」

何を言ってもこのお兄様、面倒なことになる。

これ以上絡まれないようにその場を去ろうとするが、なかなか上手くいかない。

「ふっ、ふふふふふ……はははははっ!!」

そんな俺たちの様子を見て、エリスは盛大に笑っていた。

月が導く異世界道中
Tsukiga Michibiku Isekai Dochu
あずみ圭
Azumi Kei
1~18
8.5
シリーズ累計
350万部
(電子含む)
の超人気作!
TVアニメ 第2期
2024年1月から
2クール
放送決定!
月が導く異世界道中
あずみ圭
薄幸系男子の成り上がりファンタジー、開幕!
なんでだろう 親の都合で 異世界へ
読者賞受賞作!
待望の書籍化!
異世界へと召喚された平凡な高校生、深澄真。彼は女神に「顔が不細工」と罵られ、問答無用で最果ての荒野に飛ばされてしまう。人の温もりを求めて彷徨う真だが、仲間になった美女達は、元竜と元蜘蛛!? とことん不運、されどチートな真の異世界珍道中が始まった!
月が導く異世界道中
1
あずみ圭
木野コトラ
とことん不運、されどチート!!
2期までに
原作シリーズもチェック!
●各定価:1320円(10%税込)
●illustration:マツモトミツアキ
漫画:木野コトラ
●各定価:748円(10%税込) ●B6判

の作品に対する皆様のご意見・ご感想をお待ちしております。
ハガキ・お手紙は以下の宛先にお送りください。

【宛先】
〒150-6008 東京都渋谷区恵比寿4-20-3 恵比寿ガーデンプレイスタワー 8F
（株）アルファポリス　書籍感想係

メールフォームでのご意見・ご感想は右のＱＲコードから、
あるいは以下のワードで検索をかけてください。

ご感想はこちらから

本書はWebサイト「アルファポリス」（https://www.alphapolis.co.jp/）に投稿されたものを、改題・改稿、加筆のうえ、書籍化したものです。

トカゲ（本当は神竜）を召喚した聖獣使い、竜の背中で開拓ライフ 2
～無能と言われ追放されたので、空の上に建国します～

水都 蓮（みなと れん）

2023年 8月31日初版発行

編集－勝又琴音・今井太一・宮田可南子
編集長－太田鉄平
発行者－梶本雄介
発行所－株式会社アルファポリス
〒150-6008 東京都渋谷区恵比寿4-20-3 恵比寿ガーデンプレイスタワー8F
TEL 03-6277-1601（営業）　03-6277-1602（編集）
URL https://www.alphapolis.co.jp/
発売元－株式会社星雲社（共同出版社・流通責任出版社）
〒112-0005 東京都文京区水道1-3-30
TEL 03-3868-3275
装丁・本文イラスト－saraki
装丁デザイン－AFTERGLOW
印刷－図書印刷株式会社

価格はカバーに表示されてあります。
落丁乱丁の場合はアルファポリスまでご連絡ください。
送料は小社負担でお取り替えします。

ISBN978-4-434-32487-1　C0093